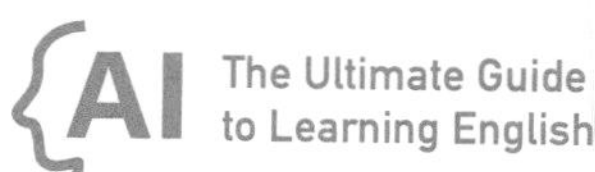

ChatGPT時代的英文學習術

請注意

▲ 數據內容每日更新，且 ChatGPT 爲了提升使用上的便利性，設計或功能亦會隨時更新改良。

▲ 在使用 ChatGPT 時，即使複製貼上與本書相同的中文或英文指令，其結果也可能會有所不同。

▲ 於本書中刊載的截圖畫面等內容，是本書作者在執筆之時的情況，與現今實際情況可能有所差異。

▲ 在使用 ChatGPT 時，若不希望得到的回應是以簡體中文呈現，建議特別在指令中指示繁體中文。

前　言

ChatGPT 英語學習體驗，效率提升十倍！

隨著 ChatGPT 的問世，英語學習也產生了革命性的變化

這絕非言過其實，ChatGPT 讓英語學習變得比以前更有效率，甚至可以說是前所未有的超高效率。相較於傳統方法，學習效果更是提升了 10 倍以上—這實在是一場「革命性」的開端。

迄今為止，談到英語學習，大多數人會購買教材來學習文法、準備考試等；為了提升口說能力，則主要是去上課來練英語會話，或是上線上課程來加強英語會話。此外，由於現在有各種英語學習的應用程式，許多人可能還會用這些應用程式來做聽力訓練、來閱讀新聞文章，或是來背誦單字。

這些方法都並非錯誤的學習方式。然而，有了 ChatGPT，以上提到的所有這些都變得更有效率。而且還不僅僅如此，ChatGPT 的出現，在以下這幾點為英語學習帶來了革命。

- 完全個別化、客製化的英語學習
- 24 小時隨時擔任個人的英語老師
- 是擅長英語溝通的人工智慧（AI）

是怎麼一回事呢，讓我就個別的項目來簡單說明一下。

完全個別化、客製化的英語學習

「依學習者個別需求來調整學習內容和進度，可提高學習效果」這一點是眾所周知的，然而在過去的英語學習中，實現這種個別化、客製化一直是挺困難的。用市售教材準備考試時，縱使測驗題目有解析的頁面，但有時看來看去仍不懂問題所在，然而卻沒有人可以求助。此外，即使每天做聽力練習，但根據書中的對話內容，可能會有人覺得「這種對話情境應該不會發生吧，為何要做這樣的聽力練習呢」這類經驗。您是否也有過這樣的經驗呢？

雖然有一對一的家教課程提供個別化、客製化的選擇，但費用相對高。即使是價格稍低的線上課程，但每堂課卻也只有一小時或不到一小時的時間。坦白說，這完全不足以滿足許多人在學習上的需求。

然而，**有了 ChatGPT，「個別化、客製化的學習」完全被實現**。例如，閱讀英文遇到不理解的表達時，只需要向 ChatGPT 提問，它便會立即給予答案。當遇到難以理解的英文句子結構時，將該英文貼到 ChatGPT 對話框並提出「請解說文法」的要求，它就會解說句子構造與文法。它還可以檢查各位寫的任何英文作文，並進行修改。此外，它也可以支援語音輸入，讓您可以在自己喜歡的主題上進行英語會話練習。

迄今為止，是否曾有過這樣互動即時的英語學習體驗呢？利用 ChatGPT 的過程中，ChatGPT 迅速回應使用者提出的任何問題和要求的這番經驗，不僅讓人感到極大的方便，同時也深刻體會到之前的英語學習是多麼沒有效率。

24 小時隨時都可擔任個人的英語家教

ChatGPT 是一種人工智慧（AI），因此它可以在 24 小時內隨時隨地回答使用者的問題，或是進行對話。剛才提到，一小時左右的英語線上課可能無法滿足需求，但 ChatGPT 能夠在任何時間即時回應，即使在深夜也能毫不厭煩地提供答案，這使它成為一個非常可貴的存在。

相對地，假如您正在使用 ChatGPT 進行英語會話練習，縱使您不能立即回答，ChatGPT 也不會催促您。在真實的課堂上，面對老師時，如果不能立即用英語回答可能會感到焦慮或緊張。然而，與 ChatGPT 對話時，您不需要擔心這一點，可以輕鬆提出要求。此外，在課堂上，有些人可能會有所顧慮而不敢問老師太多問題，但**與 ChatGPT 對話時，您可以問到自己滿意為止。**

是個擅長進行英語對話的人工智慧（AI）

即便稱之為 AI，也許有些人仍懷疑「能夠進行如真實人類那樣相當自然的對話水平是不可能的吧？」、「即便它能夠修正英文，那麼修正的結果是否確實正確呢？」，而對 ChatGPT 產生質疑。然而，ChatGPT 在英語方面的表現是令人驚嘆的。它**能夠進行與人類無異的自然對話，修正的水準不僅限於明顯的錯誤指正，還能提供更自然的表達方式和措辭建議。**

這是因為 ChatGPT 是一個以「大規模語言模型」為基礎的人工智慧工具，它透過學習大量語言，來生成文本。由於在世界各地的文字訊息或資訊中，英語占據了很大一部分的占比，所以 ChatGPT 擅長用英語溝通。

認為「我對資訊科技不太了解」、「AI 這樣的東西看似有點複雜」的人也請放心。**使用 ChatGPT 不需要特殊的知識**。由於它是一種對話型的人工智慧，您可以像進行聊天一樣使用它。此外，本書也沒有設定需要怎麼樣的英語能力程度。與傳統的教材不同，本書無特定的程度要求，也不侷限於如「商務英語」或「旅行英語會話」那樣特定的類別。請按自己的程度、自己喜歡的主題，來把 ChatGPT 當作自己的英語家教吧。

本書不需要從頭讀到尾，您可以根據自己想學習的內容，例如針對英語會話、閱讀或寫作等方面來開始使用。您可以先大略瀏覽目錄，然後閱讀您感興趣的頁面。請務必參考本書的說明，靈活地向 ChatGPT 傳達您的程度和需求，充分應用 ChatGPT 在英語學習上，達到 100% 的效果。相信，這將對您的英語學習帶來一場革命！

谷口惠子

▶ 用 AI 打造個人專屬英語課程

本書依會話練習、閱讀、寫作、聽力、記單字、考試準備、文法做分類，完整說明用ChatGPT、AI提升英語實力的方法。

實際示範 ChatGPT 的應用方法，並呈現可以聰明運用的指令範例。

01 無限次數地練習英語會話

使用 ChatGPT 進行英語會話練習，最簡單且方便的是「隨時隨地都可做英語會話練習」。您可以讓 ChatGPT 擔任對話夥伴，進行您喜歡的主題的對話。ChatGPT 會立即回應您的發言，而且相當自然，讓您感覺彷彿正在與真人對話一般。

讓我們來看看實際的對話內容，了解一下與 ChatGPT 可以產生怎樣的對話。

來練習英語會話吧。
・你的名字是 Jenny。
・我的名字是 Keiko。
・一次的對話內容請限制在 50 個字以內。
・來聊聊暑假計畫吧。
・請你僅以 Jenny 的身分用英文發言。
那麼，從你先開始英語對話。

附上對應的英文指令

Let's practice English conversation.
・Your name is Jenny.
・My name is Keiko.
・Please limit the content to 100 words or less.
・Let's talk about summer plans.
・Please speak as Jenny.
So, let's start the English conversation.

Hello Keiko! This is Jenny. I'm really excited for the upcoming summer. Do you have any plans yet?

完整呈現在輸入指令之後，ChatGPT 的回應結果。

I'm wondering if I can visit somewhere in the west area of Japan.

That sounds like a wonderful plan, Keiko! Japan's western region has much to offer. Any specific place you're interested in?

One of my friends lives in Osaka, so I'd like to visit her.

Visiting friends is always fun! Plus, Osaka has great food and interesting places to see. Will it be your first time there?

No, I have been there many times. I like Osaka foods.

Oh, I'm envious, Keiko! Osaka's food is famous. Takoyaki, okonomiyaki... I can almost taste them! What's your favorite?

I love Kushikatsu. Do you know Kushikatsu?

Yes, Keiko, I do! Kushikatsu is skewered and deep-fried meat or vegetables. It's delicious! Do you have a favorite place to get it?

▶ 逐步逐行說明指令範例

附上指令範例，並逐步逐行解說各條件，讓你除了可複製貼上之外，還可依個人需求修改、靈活運用。

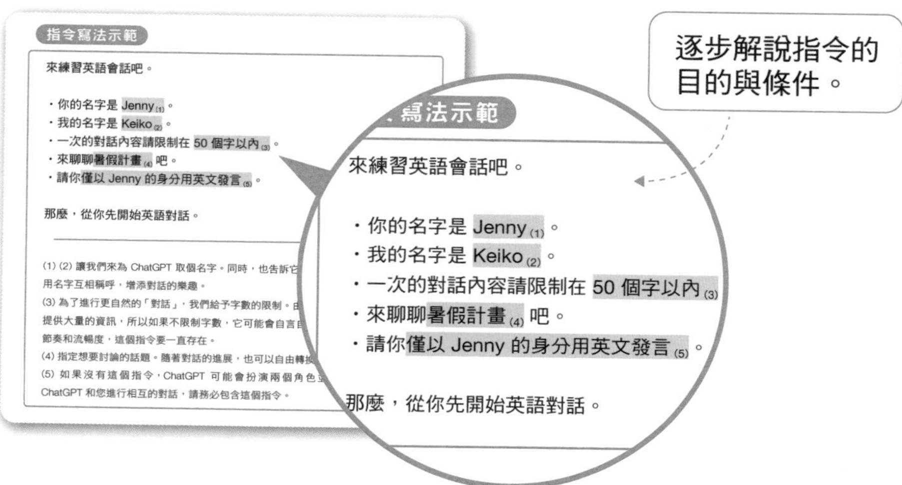
指令寫法示範
來練習英語會話吧。
・你的名字是 Jenny(1)。
・我的名字是 Keiko(2)。
・一次的對話內容請限制在 50 個字以內(3)。
・來聊聊暑假計畫(4) 吧。
・請你僅以 Jenny 的身分用英文發言(5)。
那麼，從你先開始英語對話。
逐步解說指令的目的與條件。

▶ 其他 AI 應用程式介紹

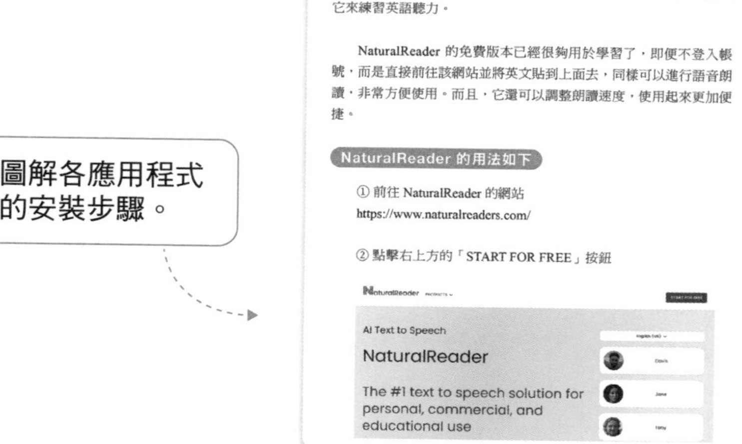
25 使用 NaturalReader 進行聽力練習
由於 ChatGPT 本身無法重複播放語音，因此單獨使用它進行聽力練習可能會有困難。但如果與語音合成人工智慧工具結合使用的話，可以進行十分有效的聽力訓練。首先，我們將介紹一個相當易於使用的語音合成人工智慧工具「NaturalReader」，讓您了解如何使用它來練習英語聽力。
NaturalReader 的免費版本已經很夠用於學習了，即便不登入帳號，而是直接前往該網站並將英文貼到上面去，同樣可以進行語音朗讀，非常方便使用。而且，它還可以調整朗讀速度，使用起來更加便捷。
NaturalReader 的用法如下
① 前往 NaturalReader 的網站
https://www.naturalreaders.com/
② 點擊右上方的「START FOR FREE」按鈕
AI Text to Speech
NaturalReader
The #1 text to speech solution for personal, commercial, and educational use
圖解各應用程式的安裝步驟。

本書用法說明

◆第 1 章

主要是介紹把 ChatGPT 應用在英語學習的理由、如何開始使用 ChatGPT，以及 ChatGPT 免費版和付費版之間的區別。如果您已經瞭解這些基本知識，請直接閱讀第 2 章以後的實際應用方法。

◆第 2 章～第 8 章

將按照英語會話練習、閱讀、寫作、聽力、單字、考試準備、文法這七個類別進行劃分，介紹具體的應用方式、指令示範（向 ChatGPT 提出要求或詢問的指令）、回答範例，以及指令的模式。您可以根據自己比較能掌握的類別或感興趣的應用方法來閱讀。請不要只是閱讀，還要實際使用 ChatGPT，學習掌握指令的技巧。

◆附錄：ChatGPT 指令示範清單

本書在附錄中附上全書用到的所有 ChatGPT 指令示範（prompt），同時也提供了這些指令示範清單的連結供您下載。這些清單以 Excel 格式提供，方便複製貼上使用。請務必充分利用。

CONTENTS

附　錄

AI 改變的
英語學習

CHAPTER 01

Chapter 01

AI 改變的英語學習

ChatGPT 的衝擊

「AI 革命」的開始，發生在 2022 年 11 月 30 日 ChatGPT 的問世。

在那之前的 AI，還無法實現用自然語言與人對話。然而，現在 AI 回覆內容靈敏的程度，讓所有嘗試過的人都感到驚訝。在那之後，人們開始預測到在不久的將來，電影中所見到與 AI 共生的未來都將不只是電影，而是現實生活中的一部分。

特別是那些先前對「AI」不感興趣的人，也開始感受到在工作上和在教育領域將發生不可忽視的變革。似乎任何人都感覺到這個變化是不可忽視的。在網路上，早在相當早期的時候，就有一些敏感度高的人開始分享 ChatGPT 的應用方法，而這慢慢地也開始受到電視和雜誌等媒體的關注。越來越多的人，不論其年齡或從事何種職業，都開始試圖去尋求如 ChatGPT 這類生成式 AI 的資訊。有人甚至稱之為「網路誕生以來的巨大變革」。縱使越來越多人迎接這改變，並積極使用 AI 科技，但也有一些人害怕改變，試圖忽視或禁止它。無論如何，這對社會產生了不可忽視的影響。

就英語學習而言，一提到 ChatGPT 的推出，由於其在自然語言對話方面的出色表現，引起了英語教學者的關注，特別是相當適合應用在英語學習上。因此在使用 ChatGPT 進行英語學習時，意外發現充分應用它的方式有很多種。ChatGPT 改變了英語教學法，使學習者能夠更有效地進行自主學習，並且有可能自行創作教材。隨著 ChatGPT 的應用不斷擴展，英語學習方式將會完全改變過去的面貌。傳統上人們認為英語學習沒有捷徑，但**現在我敢斷言，「運用 ChatGPT 絕對是通往英語學習的捷徑」。**

這場 AI 革命才剛剛開始，AI 的進化勢不可擋。目前，有 ChatGPT、Bing、Bard 等特定的 AI 工具存在，但漸漸地我們習以為常的軟體如 Word、Excel、PowerPoint 以及 Google 文件、表格等，將會搭載 AI 功能，成為各種應用程式的一部分，使 AI 更加貼近生活。不知不覺中我們就此進入一個使用 AI 的時代。

在這之前的 AI 黎明期，實際使用 ChatGPT 可以培養一種非常重要的能力，也就是「了解並善用 AI 特性的能力」。這是在即將到來的 AI 共生時代中，不可或缺的技能。

未來出生的孩子都將成為「AI 原住民」。他們在出生時 AI 就是家常便飯，不需要特別學習即可自然地了解 AI 的特性，並且能夠巧妙地應對。然而，出生於「沒有 AI 的時代」的我們是不同的。我們需要不斷嘗試，學習如何巧妙地運用 AI。也許正因為我們經歷過沒有 AI 的時代，我們能夠教導那些即將成為 AI 原住民的孩子一些事情。然而，這僅限於那些使用 AI 並了解其優勢和不足之處的人。

這本書之所以能引起您的興趣，我相信您肯定是個積極學習如何有效利用 AI 的人，您的好奇心和學習慾望將成為發展 AI 應用能力的基石。我們已經無法回到沒有 AI 的時代。請充分發揮您的力量，共同製作一個與 AI 和諧共處的未來。

使用 ChatGPT 學習英語的理由

使用 ChatGPT 可以將英語學習的效果提升至 10 倍。因此，我希望所有正在學英語的人都能夠充分利用 ChatGPT。與以前的任何應用程式、英語學習工具或教材相比，ChatGPT 都獨具優勢。說得極端一點，僅僅使用 ChatGPT 也能達到很有效果的英語學習。為什麼呢？

ChatGPT 是一個屬於「大規模語言模型」的人工智慧（AI）。這是由美國的人工智慧研究與開發組織 Open AI 所開發的 AI 工具。其運作方式是透過學習大量的語言數據，並基於這些數據按照機率生成相關聯的文字來回應使用者。ChatGPT 被稱為是一種自然語言處理技術的 AI 聊天機器人，其特點是能夠以類似人類的方式進行對話。換句話說，您無需使用編程語言或特殊的方法發出指令，就能夠以自然語言進行對話，就像與人類交談一樣。

此外，ChatGPT 還能夠在多種語言之間無縫接軌進行對話，例如英語和中文。在使用 ChatGPT 練習英語會話時，如果遇到不懂的單字，您可以用中文詢問，例如「exceed 的意思是什麼？」，此時 ChatGPT 會以中文回答，如「在這裡，exceed 的意思是『超過』『超越』」這樣為您說明。

而且，ChatGPT 還能夠回應相當複雜的要求和問題。以前像 Alexa 或 Siri 這樣的 AI 聊天機器人能夠回答簡單的問題，但基本上只能進行一問一答的一次性對話。然而，ChatGPT 可以連續進行相當複雜且難度高的對話。雖然它並不理解對話的含義，但給人的印象卻像是在與一個高智商的人在進行對話。

例如，如果在對話框裡輸入「我們透過角色扮演來練習英語會話吧。你是一位來自加拿大的觀光客，在台北車站裡面迷路了，不知道該往哪個出口。而我正好經過，並用英語和你搭話。How can I help you?」。只要這樣輸入到 ChatGPT 對話框，就會得到如以下的回覆內容：

Oh, thank you for stopping. I'm a bit lost right now. I just arrived from Canada and I'm trying to find the right gate at Taipei Main Station. Could you guide me, please?

像這樣，透過設定角色和描述情境，進行英語會話練習是完全可行的。而且，你可以持續進行對話下去，進行非常實際的練習。

除此之外，您還可以設定條件，請求 ChatGPT 幫各位生成英語句子，或者修正您的英文作文，或是製作單字表、解說文法，甚至編寫出測驗的題目等等。利用 ChatGPT，您可以進行非常多元的英語學習。

利用 ChatGPT 學習英語，能使學習效果成倍提升的一個重要原因是，它實現了「學習的個別化、客製化」。ChatGPT 能夠根據學習者的個別需求、興趣和程度來進行對話，因此相對於傳統的學習方法，它更能有效率地提升英語能力。具體而言，可以實現以下特點：

・當學習者針對自己不太懂的事情提出疑問時，ChatGPT 能夠回答，並繼續與學習者深入探討。
・根據學習者指定的程度，ChatGPT 可自行調整難易度，並生成程度適當的英文，或是進行英語會話。

・在學習者指定的情境中進行角色扮演或對話練習。
・根據學習者感興趣的主題生成英文。
・將學習者想要背的單字放入英文中。
・根據學習者要參加的考試類型，產生類似的題目。

這些僅是 ChatGPT 可以執行的功能中的一小部分。透過這樣的個別化學習，學習效果會有顯著提升。不再需要按照市售教材或補習班或語言中心等單位提供的課程學習，**學習者現在可以根據自己的需求和興趣，要求 ChatGPT 為其製作教材，或成為自己的專屬家教**。當有疑問時，可以即時提問，這對於學習效果來說具有極大的意義。隨時都能夠進行及時的學習，讓您是在高度感興趣的情況下進行學習，這大大提高了吸收新知的效果。

此外，相較於過去透過教材或單字卡來學習的方法，ChatGPT 提供更實用且真實的學習體驗。傳統的學習法主要包括閱讀英語教材或用單字卡記憶。當想要進行英語會話練習時，可能需要參加補習班或語言中心等單位，或是上線上課程，但這不僅需要花費大量金錢，而且時間有限。然而，**透過使用 ChatGPT，您可以在任何時候、任何地點體驗相當於與母語老師用英語進行對話的樂趣，而且不受時間和地點的限制**。此外，由於 ChatGPT 是虛擬對話伙伴，即使犯錯也不會感到尷尬，因此非常適合那些比較害羞，或是犯錯時容易感到難以啟齒的人來練習。

ChatGPT 的出現確實在英語學習領域帶來了巨大的變革，可以說革命已經展開。一些先進的教育者已在教學現場開始使用 ChatGPT。他們教導學生如何使用 ChatGPT，以發揮其自主學習的能力，也利用它在製作教材和測驗題目時提高質與量。

生成式人工智慧技術的進步不斷，在未來更有效率的英語學習法有望實現。過去主要以文字交流為主，但現在在 ChatGPT 的官方應用程式中，已經可以進行語音對話，更真實的英語對話練習完全可以實現。

突然出現像是 ChatGPT 這樣方便的工具，可能會讓一些人感到困惑。有些人可能還不知道如何使用，甚至還沒有嘗試過。但是，在我們生活的這個時代，能夠親歷這樣的巨變，難道不是一種幸運嗎？

ChatGPT 僅僅是一個大規模的語言模型，一種生成式的人工智慧，它並不會主動或積極地為我們做些什麼。然而，只要我們想到「要用它來做某某事情」，透過巧妙的應用，它的潛力就是無窮的。

這本書將介紹如何在英語學習中充分利用 ChatGPT，提供具體的應用案例和指令文字（Prompt）。請參考本書內容，想出屬於自己的應用方法，並嘗試實踐看看。

推薦所有英語學習者使用 ChatGPT

對於正在學習英語的各位，我希望大家都能充分善用 ChatGPT。從初學者到進階者，都可根據自己的程度和目標運用 ChatGPT，將英語學習的效果提升數倍。

對於初學者來說，有時使用難度稍高的教材，可能會因為難以理解而感到困擾，而對於進階者來說，購買過於簡單的教材可能讓學習變得枯燥乏味。然而，使用 ChatGPT 就可以避免這些問題。因為您可以根據自己的程度調整難易度。

特別是符合以下情況的人，我認為透過使用 ChatGPT，您可以感受到自己的英語學習將會有巨大的改變，效果會更上一層樓：

① 用英語與人交談容易感到害羞，或不敢一直問老師問題的人

▶▶▶ 使用 ChatGPT，您可以盡情交談，問到完全懂為止，不必擔心會麻煩對方。

② 希望透過 AI 工具以提高英語學習效果的人

▶▶▶ 使用 ChatGPT，可以根據自己的需求、程度和情況進行所需的學習，因此英語學習的效果可以提高數倍。

③ 希望盡可能獨自學習英語的人

▶▶▶ 若能善用 ChatGPT，就能像是有一位永遠陪伴的私人家教一樣。非常適合自學英語。

④ 一直難以持續學英語的人

▶▶▶ 透過使用 ChatGPT，您可以不必將「英語學習」視為上課，而是像跟朋友一樣愉快地用英語交談。此外，對於之前因費用或時間限制而難以繼續學習的人來說，ChatGPT 提供了免費或價格較低的選擇，而且它 24 小時不打烊，讓學習變得更加便利。對於希望在歡樂中學習英語的人來說，這是一個絕佳的選擇。

使用 ChatGPT，您將不用受制於目前的英語程度。在本書的實際應用案例中，可能會出現一些較難的單字或表達，但都有提供中文翻譯的參考，所以遇到不熟悉的單字或表達也可不用擔心。

這本書的內容對於任何正在學習英語的人來說都是有用的。無論是英語會話、英語閱讀、還是英語寫作等等，皆按照不同類別做分類，來講解 ChatGPT 的應用方法，因此可以從自己需要的部分開始閱讀。

此外，我再次強調這不需要特殊的資訊科技知識。正如前述，使用 ChatGPT 時不需要知道語言程式等知識也能操作，是任何人都可以使用的工具。請放心，繼續閱讀本書。

開始使用 ChatGPT

ChatGPT 的起步非常簡單，只需要註冊帳號即可開始使用。請按照以下步驟進行註冊，然後立即開始使用。

① 前往官方網站

https://chat.openai.com/

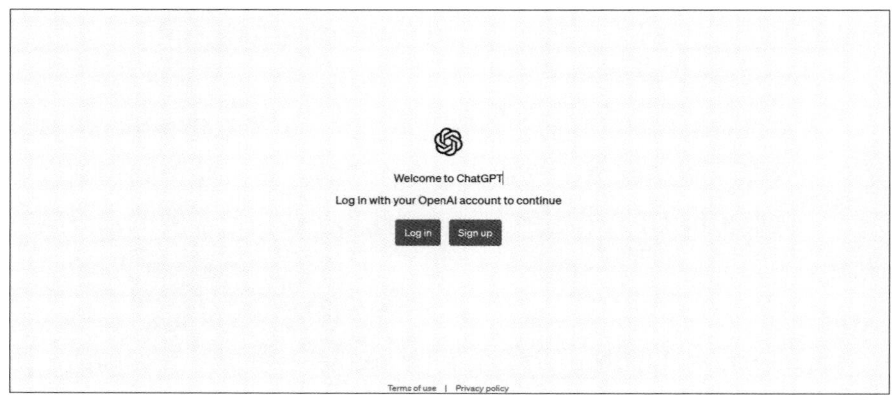

② 點擊「Sign up」按鈕建立帳戶。

Create your account

Note that phone verification may be required for signup. Your number will only be used to verify your identity for security purposes.

Email address

Continue

Already have an account? Log in

OR

Continue with Google

Continue with Microsoft Account

Continue with Apple

您可以使用電子郵件進行註冊，也可以選擇用 Google、Microsoft、或 Apple 帳戶進行連結。

使用 ChatGPT 付費版

ChatGPT 有免費版和付費版。主要的區別在於，付費版可以選擇更高階等級的 GPT-4 版本，此外還具有外掛功能，以及 Web 瀏覽功能和圖像生成功能等優勢。以下是主要區別：

	免費版	**付費版**
可使用的版本	主要是 GPT-3.5 （可有限存取 GPT-4）	GPT-3.5 GPT-4
瀏覽最新資訊	不可 僅依 2021 年 9 月為止的學習數據進行回答	可 可透過 Web Browsing 機能及外掛功能獲得最新資訊
外掛功能（Plugins）	無	有 具多項功能及連結
回答品質	低	高
中文準確度	稍低	相當高

也許有些人會好奇 GPT-3.5 和 GPT-4 之間的區別。最大的差異在於回答方式的品質，也就是所謂的「智慧」有所不同。舉例來說，如果要求寫一篇英語小說，GPT-3.5 可能只會提供劇情相對缺乏深度的故事，但 GPT-4 則能夠創作出更引人入勝的小說。實際使用過

ChatGPT 的人們通常會形容 GPT-3.5 和 GPT-4 之間的差距就像小學生和「優秀的商業人士」之間的區別。

此外，GPT-4 在英語以外（包括中文在內）的語言準確度方面也顯著提升。另外，GPT-4 在輸入和生成的字符數量方面更大量。儘管不應該用字符數量來比較，因為輸入和生成的文字量是以「詞元」（token）這個單位來計算的，但相較於 GPT-3.5，GPT-4 能夠處理大約兩倍以上的詞元量。

在 2023 年 3 月初推出的付費版中，最初的優點主要在於高準確度，以及在使用尖峰時能夠優先瀏覽的特點。然而，從 2023 年 5 月開始，付費版帶來了更大的優勢，也就是付費版現在可使用 Web 瀏覽功能和外掛功能。這解決了 ChatGPT 之前一直存在的重要問題，即無法搜尋最新資訊。此外，外掛功能還能夠為影片做摘要、製作圖解、讀取 PDF 等，可提供各種功能。

如果您希望將 ChatGPT 應用於英語學習，我強烈建議您使用付費版。如前所述，付費版提供的回答比免費版更聰明，而且在中文方面的精準度也很高，因此當您用中文提問或給出指令時，回答可能更符合您的期望。特別是在需要文法解釋或詳細解說的情況下，免費版和付費版之間會有顯著差異。

截至 2023 年 12 月，付費版的價格為每月 20 美元。考慮到您可以獲得 24 小時隨時皆可提供英語和中文教學的優秀家教，這實際上是非常划算的。請務必考慮使用付費版。

ChatGPT 的應用技巧

從本章開始我們要學會善用 ChatGPT，透過充分發揮其特點並掌握技巧，才能發揮其潛力。以下是在使用 ChatGPT 時一般來說很常見的情況。

① 英語比其他語言更適合用來和 ChatGPT 對話

ChatGPT 支援多種語言，包含中文。然而，在 ChatGPT 的學習數據中，英語的數據佔很大一部分，因此在某種程度上，相對於中文或其他語言，英語可能是更適合用來對話的語言。此外，頻繁用英語來對話、使用英語提問，您也可以提升英語能力。因此，請務必積極以英語提問。而且有時即使您用中文問一段事實，給出的答案也有可能是錯誤的，總之，用英語問同樣的問題，比較有可能會得到正確的答案。

② 每次詢問都會得到不同答案

ChatGPT 不是直接從數據庫中隨機提取回答方式，而是根據每次使用者輸入的指令或問題來生成回答的。因此，即使輸入完全相同的問題或請求，每次得到的答案都也可能不同。所以非常適合製作英語例句、文章或題目。

③ 有時可能會得不到預期的回答

無法保證 ChatGPT 總是能獲得預期的答案。這可能是由於指令（Prompt）的問題，也可能是由於 ChatGPT 未能成功生成適當的答案。在這種情況下，改變提問的方式或添加條件，可能會更容易獲得預期的答案。

④ 回答的準確度可能下降

在同一主題的對話中，若不斷追加提問或請求時，回覆的答案準確性可能會逐漸降低。在這種情況下，您先不要不斷追加提問或請求，在原本的回覆內容下方有一個「Regenerate（重新生成）」按鈕，點擊它可以重新生成不同的回答內容。如果這仍無效，您可以點擊左上角的「New Chat（新交談）」按鈕，打開新的對話視窗，重新開始對話。

⑤ 有時會忘記先前的對話

在同一主題的對話中，您可以持續進行對話。因此，您可以在一開始的指令中指定「請在這條件下進行對話」，接著開始按照此條件進行對話。由於 ChatGPT 能夠記住之前的對話內容，因此您可以針對它先前的任一回覆做提問或請求解釋。然而，有時它還是有可能會忘記先前的內容。在這種情況下，請以 ChatGPT 容易識別的形式提問，例如「請將你剛剛生成關於○○的英文摘要一下」。

⑥ 回答可能會在中途停止

ChatGPT 在生成較長的回答內容時，有時回答可能會忽然中斷。在這種情況下，如果出現了「Continue generating」按鈕，點擊它便可以繼續生成回答內容。如果沒有顯示該按鈕，您可以輸入「請繼續生成」或「Please continue generating.」以繼續它的回答。

瞭解以上會遇到的情況以及掌握這些技巧，讓 ChatGPT 成為強大的英語學習夥伴。

今天就開始用 ChatGPT 來學習英語吧

請善用本書，以獲得以下效果。

① 了解 ChatGPT 這一方便的 AI 工具之特點，以及它在英語學習中的應用方法。

② 參考豐富的指令（prompt）範例，讓您使用適當的指令。

③ 充分善用 ChatGPT，讓英語閱讀、英語寫作、背英語等學習更容易自學。

④ 充分善用 ChatGPT，您可以不受時間和地點的限制，增加學習英語的時間。

⑤ 依個人需求和程度來學英語，將英語學習效率提高數倍。

不過還是要再次強調，本書不僅僅是一本「讓您閱讀的書籍」。閱讀本書的同時，請實際操作 ChatGPT，您才會學會如何充分發揮 ChatGPT 的潛力。請立即開始使用 ChatGPT 吧。

也可使用 ChatGPT 以外的其他自然語言 AI

雖然本書的重點是介紹如何使用 ChatGPT 並學會下指令（prompt）的技巧，以獲得預期的回答，然而，除了 ChatGPT 之外，還有許多使用自然語言的大規模語言模型 AI 工具。以目前來說，像是 Google 的 Bard 和 Microsoft 的 Bing 等工具已經存在。將來，我們可能還會看到更多不同的 AI 工具出現。

基本上，只要是以自然語言來對話的 AI 工具，您都可以用自然語言輸入指令。然而，目前為止，就像本書中所介紹的，ChatGPT 在回答使用者時的質與量表現是最為出色的，尤其對於複雜的請求，幾乎都能夠獲得期望的回答。

不過縱使我們還是使用 ChatGPT 來處理我們的需求，但還是隨時查看新推出的任何 AI 工具之最新資訊，以找到最符合各位需求的工具。

使用 ChatGPT 時的注意事項

當我們在使用 ChatGPT 時，有必要充分了解它的特點。以下列舉三點注意事項：

① 使用者輸入的數據，會被用作 ChatGPT 的學習數據：

ChatGPT 透過大量的語言數據進行「學習」，並參考這些數據生成回應。您輸入的內容有可能被用來當作 ChatGPT 的學習數據，因此各位應避免輸入機密的訊息或個人資訊。若您十分在意這一點，在某些版本的 ChatGPT 中，您可以透過以下設定來關閉對話紀錄：

Settings → Data Controls → Chat history & training

從而防止您輸入的內容被用於學習。但是，這樣的話，對話紀錄將不會被保存。

② 提問與事實相關的問題時，ChatGPT 也有可能答錯

ChatGPT 會回答各種問題，但它本身並不具備一個與事實相關的數據庫。它只是基於所學習到的大量數據，生成最有可能出現並與之相關聯的內容。

有時即使是簡單的問題，ChatGPT 也有可能答錯。因此，提問與事實相關的問題時，請不要盲目地接受 ChatGPT 的回答，建議從其他資訊來源來進行確認。然而，使用 ChatGPT 付費版中的 Web Browsing 功能和帶有辭典功能的外掛功能的話，便可提高回答的準確性。

③ 對最新資訊的處理能力較弱

據稱 ChatGPT 主要是基於截至 2021 年 9 月的語言數據來進行學習的。因此，當問及此後的資訊時，它可能會回答類似「對不起，我的知識僅限於 2021 年以前的資訊」之類的內容。然而，只要使用付費版的 Web Browsing 功能以及與網路搜尋相關的外掛功能，就可以解決這個問題。

Web Browsing 功能的使用方法

1. 點擊 New Chat 之後，點擊畫面上方處的「ChatGPT 4」，然後選擇「GPT-4」。
2. 輸入指令（prompt）時，指令內容請包含「請進行網頁搜索」。

＊即使沒有明確輸入「請進行網頁搜索」，當要查詢最新的新聞資訊等時，Web Browsing 功能可能會自動開啟。

外掛功能（Plugins）的使用方法

1. 點選畫面左下 Settings 中的 Beta Features，並開啟 Plugins。
2. 點擊 New Chat 之後，點擊畫面上方處的「ChatGPT 4」，然後選擇「Plugins」。
3. 從 Plugin store 中選擇想要使用的外掛功能，然後點選 Install。
4. 想要使用外掛功能時，請開啟該外掛功能。
（同時最多可以開啟三個外掛功能）

那麼，從下一章開始，我們將分享具體的操作方法。

使用 ChatGPT 練習英語會話

CHAPTER 02

Chapter 02

使用 ChatGPT 練習英語會話

「想變得會說英語＝能夠順暢地進行英語會話」這樣的說法可能一點也不為過，對於想要掌握英語口說能力的人來說，這種憧憬是非常普遍的。然而，與此同時，**英語學習中最具挑戰性的一環就是「英語會話」**。獨自學習可能有些困難，許多人可能已經嘗試上了英語會話課，或是透過線上課程來進行英語會話練習。然而，僅僅每週幾次、每次僅幾十分鐘的口說練習可能難以感受到明顯的進步。此外，教材中提供的例句未必是自己熟悉的內容，因此即使做了練習，也難以應用在實際情境中。

截至目前為止，我以我名字的名義出版了一系列共四本的英語學習書，分別涵蓋了聽力、閱讀、發音、多益考試的準備等，並介紹了我真心推薦的學習法。然而，對於「英語會話」這個需求量最大的領域，我一直很難找到最有效的學習方法。原因在於，**英語會話中實際會用到的情境和內容往往因人而異**。我不想推薦大家使用自己實際上不太可能用到的英文，來進行沒有效率的會話練習。

然而，隨著 ChatGPT 的出現，這個困擾迎刃而解。**因為有了 ChatGPT，我們可以進行前所未有「個別化、客製化」的英語會話練習，以滿足自己的情況和需求。**不再需要按照固定的日期和時間照表操課、上英語會話課，或預約線上課程。**只需獨自一人，在喜歡的時間和地點隨心所欲練習英語即可，而且 ChatGPT 能夠即時回應**——這麼方便的英語練習方式是其他地方找不到的。

ChatGPT 是一種基於文字的人工智慧模型，但透過智慧型手機應用程式或擴充功能，你也可以使用語音功能來練習英語會話。稍後我們會進一步說明，透過使用語音輸入功能，各位可以自然地確認「自己的發音是否被正確識別，換言之也就是發音是否正確」。

而且，不僅僅是享受英語會話的樂趣，還**可以讓 ChatGPT 糾正您的英語錯誤，並教導各種英語表達方式**。這就像有一位得力的英語老師 24 小時都陪伴在您身旁一樣，隨時準備好進行對話和教導英語。

此外，在進行英語會話練習時，先假設某個實際情境，並想像「在這個主題下可能展開什麼樣的對話」以及「對方可能問您什麼問題」的這個方式來進行練習，這是相當有效的。事先將可能在對話中出現的單字和表達方式記下來，並確保能夠馬上表達，這麼一來在實際的英語會話中，就能更加流暢地表達與回應。使用 ChatGPT，您可以讓它為您產生符合特定主題的對話內容，也可以和它進行角色扮演，並能夠先把您需要的單字和表達方式記下來，相較於使用市售參考書或教材進行練習，這樣的方式更加有效。

能夠透過一個工具進行個別化學習，並瞬間完成學習，確實令人有成就感。已經在補習班上課或是已進行線上課程的人，也請搭配使用，充分發揮 ChatGPT 在英語會話中的應用。

在這一章節中，我們將介紹透過 ChatGPT 進行英語會話練習的幾種方法。現在，讓我們與 ChatGPT 一起打開英語會話練習的大門吧。

本章節將介紹如何用 ChatGPT 來完成以下目標：

01 無限次數地練習英語會話
02 在練習英語會話的同時，確認不懂的單字
03 在練習英語會話的同時，確認英語的表達方式
04 透過語音進行英語會話
05 在練習英語會話的同時，請 ChatGPT 指出英語錯誤
06 學習「更自然的英語表達方式」
07 讓 ChatGPT 生成會話內容
08 確認各表達句的含義及其他用法
09 進行角色扮演
10 用「即時中翻英」的訓練法練英文

01 無限次數地練習英語會話

使用 ChatGPT 進行英語會話練習，最簡單且方便的是「隨時隨地都可做英語會話練習」。您可以讓 ChatGPT 擔任對話夥伴，進行喜歡的主題的對話。ChatGPT 會立即回應您的發言，而且回答得相當自然，讓您感覺彷彿正在與真人對話一般。

讓我們來看看實際的對話內容，了解一下與 ChatGPT 的互動可以產生怎樣的對話。

來練習英語會話吧。

・你的名字是 Jenny。

・我的名字是 Keiko。

・一次的對話內容請限制在 50 個字以內。

・來聊聊暑假計畫吧。

・請你僅以 Jenny 的身分用英文發言。

那麼，從你先開始英語對話。

附上對應的英文指令

Let's practice English conversation.

・Your name is Jenny.

・My name is Keiko.

・Please limit the content to 100 words or less.

・Let's talk about summer plans.

・Please speak as Jenny.

So, let's start the English conversation.

Hello Keiko! This is Jenny. I'm really excited for the upcoming summer. Do you have any plans yet?

I'm wondering if I can visit somewhere in the west area of Japan.

That sounds like a wonderful plan, Keiko! Japan's western region has much to offer. Any specific place you're interested in?

One of my friends lives in Osaka, so I'd like to visit her.

Visiting friends is always fun! Plus, Osaka has great food and interesting places to see. Will it be your first time there?

No, I have been there many times. I like Osaka foods.

Oh, I'm envious, Keiko! Osaka's food is famous. Takoyaki, okonomiyaki... I can almost taste them! What's your favorite?

I love Kushikatsu. Do you know Kushikatsu?

Yes, Keiko, I do! Kushikatsu is skewered and deep-fried meat or vegetables. It's delicious! Do you have a favorite place to get it?

中文翻譯

ChatGPT：Keiko 你好！我是 Jenny。我對即將到來的夏天感到相當興奮。你有任何計畫嗎？

使用者：我在想是否可以去日本西部地區的哪裡走走。

ChatGPT：Keiko，這聽起來是個很棒的計畫！日本西部有許多可看之處。哪個特定地點是你感興趣的呢？

使用者：我有一個朋友住在大阪，所以我想去找她玩。

ChatGPT：去找朋友一直都是很有趣的事！而且，大阪有美食和有趣的地方可看。這會是你第一次去那裡嗎？

使用者：不是，我已經去那裡很多次了。我喜歡大阪的食物。

ChatGPT：哦，真羨慕你，Keiko！大阪的食物很有名。章魚燒、御好燒…。這些美食似乎都在嘴邊了！你最喜歡哪一種？

使用者：我喜歡串炸。你知道串炸嗎？

ChatGPT：Keiko，我知道！串炸是串在竹籤上油炸的肉或蔬菜。很美味！去吃串炸，你有最喜歡的地方嗎？

像這樣自然且流暢的英語會話是可以實現的，感覺就像真正的朋友之間的對話一樣。也可以設定為初次見面的情境，從自我介紹開始，這也是一個不錯的選擇。

使用 ChatGPT 的話，您可以自行決定想要談論的主題，對話記錄會被保存，隨時都可以回顧。因此，在進行對話時先純粹享受英語會話，之後再來整理並確認不太懂的單字或表達方式，也是一種做法。建議大聲朗讀這段對話，以進行練習。一開始不熟悉的單字或表達方式，透過反覆練習可以牢記。而這些詞彙和表達方式都與您的日常相關聯，因此透過與 ChatGPT 進行英語對話，您可以建立一本完全適合您的英語會話練習手冊。

順帶一提，如果您想不到話題時，您可以在對話框輸入：Can you suggest some good conversation topics?（你可以提議一些不錯的話題嗎？），ChatGPT 就會為您提供一些建議的話題。

指令寫法示範

來練習英語會話吧。

・你的名字是 Jenny (1)。
・我的名字是 Keiko (2)。
・一次的對話內容請限制在 50 個字以內 (3)。
・來聊聊暑假計畫 (4) 吧。
・請你僅以 Jenny 的身分用英文發言 (5)。

那麼，從你先開始英語對話。

---

(1) (2) 讓我們來為 ChatGPT 取個名字。同時，也告訴它您的名字。這樣，彼此可以用名字互相稱呼，增添對話的樂趣。

(3) 為了進行更自然的「對話」，我們給予字數的限制。由於 ChatGPT 很容易一下子提供大量的資訊，所以如果不限制字數，它可能會自言自語很久。為了保持對話的節奏和流暢度，這個指令要一直存在。

(4) 指定想要討論的話題。隨著對話的進展，也可以自由轉換話題。

(5) 如果沒有這個指令，ChatGPT 可能會扮演兩個角色並進行對話。為了讓 ChatGPT 和您進行相互的對話，請務必包含這個指令。

02 在練習英語會話的同時，確認不懂的單字

與 ChatGPT 進行英語會話時，如果遇到不懂的單字，您可以問 ChatGPT 該單字的意思。雖然您也可以用 Google 等工具查詢該單字的意思，但是向 ChatGPT 詢問，不僅可以減少切換頁面或應用程式的麻煩，而且更重要的是能夠在目前對話的上下文中理解該單字的意義，非常方便。

舉例來說，假設在之前的對話中出現了「specific」這個單字，而您不知道它的意思時，您可以用中文問「specific 是什麼意思？請用中文解釋」，或用英語問「Can you explain what you mean by 'specific'?」。對於不懂的單字或句子，建議透過複製、貼上的方式來輸入文字，以確保準確性。

此外，就算是**在練習英文會話的過程中忽然插入提問（即使是用中文問），原本在進行中的會話練習也不會就此中斷**。ChatGPT 回答了「specific」的意思，而您理解之後，還是可以繼續進行會話練習，ChatGPT 依然會根據您的會話內容繼續回應。

來練習英語會話吧。
- 你的名字是 Jenny。
- 我的名字是 Keiko。
- 一次的對話內容請限制在 50 個字以內。
- 來聊聊暑假計畫吧。
- 請你僅以 Jenny 的身分用英文發言。

那麼，從你先開始英語對話。

附上對應的英文指令

Let's practice English conversation.

- Your name is Jenny.
- My name is Keiko.
- Please limit the content to 50 words or less.
- Let's talk about summer plans.
- Please speak as Jenny.

So, let's start the English conversation.

Hello Keiko! This is Jenny. I'm really excited for the upcoming summer. Do you have any plans yet?

I'm wondering if I can visit somewhere in the west area of Japan.

That sounds like a wonderful plan, Keiko! Japan's western region has much to offer. Any specific place you're interested in?

specific 是什麼意思？請用中文說明。

"Specific" 的意思是「特定的」或「具體的」。在這段對話中，我詢問了您在日本西部是否有想要去的「特定的」地方。

I'm interested in Osaka where one of my friends lives.

That's great! Osaka is known for its modern architecture, nightlife, and hearty street food. The city's culinary scene is something you won't want to miss. It's known as the "nation's kitchen" in Japan! Do you have any specific activities in mind that you would like to do in Osaka?

中文翻譯

ChatGPT：Keiko 你好！我是 Jenny。我對即將到來的夏天感到相當興奮。你有任何計畫嗎？

使用者：　我在想是否可以去日本西部地區的哪裡走走。

ChatGPT：Keiko，這聽起來是個很棒的計畫！日本西部有許多可看之處。哪個特定地點是你感興趣的呢？

使用者：　specific 是什麼意思？請用中文說明。

ChatGPT：「Specific」的意思是「特定的」或「具體的」。在這段對話中，我詢問了您在日本西部是否有想要去的「特定的」地方。

使用者：　我對大阪很感興趣，我的一位朋友住在那裡。

ChatGPT：那很棒！大阪以其現代建築、夜生活和豐富的街頭小吃聞名。此城市的美食景點是你不想錯過的。在日本，它被稱為「國之廚房」！你在大阪有沒有想要進行的特定活動？

就像這樣，在 ChatGPT 的發言中忽然插入自己疑惑的問題，理解之後繼續對話是可行的。在與人的對話中，一旦忽然插入問題，有時很難回到原本的談話中，這可能會打斷談話的節奏，也因此問問題變得很困難。但是如果 ChatGPT 是您的談話對象，您就無需擔心這樣的問題。您可以盡情地詢問不懂的單字或表達方式，並且在進行英語會話練習的同時，吸收相關的知識。

指令寫法示範

specific (1) 是什麼意思？請用中文說明。

---

(1) 將不懂的單字或表達方式複製、貼上，然後試著詢問看看其意思。

03 在練習英語會話的同時，確認英語的表達方式

在與 ChatGPT 練習英語會話的過程中，如果遇到「我想這樣說，但不知道該怎麼用英語表達」的情況，也可以詢問 ChatGPT。例如，如之前的對話中被問到 What are you most excited to see or do in Osaka?（在大阪，你最期待看到什麼或做什麼？），而你想回答「我期待邊逛邊品嚐美食」，但不知道用英語應該怎麼說—在這樣的情況下，您可以這樣向 ChatGPT 提問：

What are you most excited to see or do in Osaka?

「我很期待邊逛邊品嚐美食」用英語怎麼說？

In English, you could say, "I'm looking forward to food hopping."

I'm looking forward to food hopping.

That's a great plan, Keiko! Osaka is known for its delicious street food. Don't miss out on Takoyaki and Okonomiyaki!

中文翻譯

ChatGPT：你最期待在大阪看什麼或做什麼？
使用者：　「我很期待邊逛邊品嚐美食」用英語怎麼說？
ChatGPT：用英文你可以說：「I'm looking forward to food hopping.」
使用者：　我期待邊逛邊品嘗美食。
ChatGPT：Keiko，這是一個很棒的計畫！大阪以其美味的街頭小吃聞名。不要錯過章魚燒和御好燒！

像這樣，遇到想說的內容不知該怎麼用英語表達時，您可以向 ChatGPT 請教，臨時插入您的疑問，同時您還可以繼續英語對話。正因為 ChatGPT 擅長英語及其他多種語言，才有此獨特的應用方式。

指令寫法示範

「我很期待邊逛邊品嚐美食」(1) 用英語怎麼說？

---

(1) 直接用中文問您想知道的英文表達。

04 透過語音進行英語會話

提到 ChatGPT，我們通常會想到使用文字來進行對話，但實際上，您也可以利用語音輸入功能或語音朗讀功能，實現語音對話的可能性。

聽到「語音輸入」可能會讓一些人顧慮「因為對自己的發音不太有信心，擔心能否被正確地識別」。然而，ChatGPT 的驚人之處在於，即使是一些聽起來不是很標準的英語，它也能夠識別，而且即使輸入有誤，它也能夠試圖理解您的意圖。有時，它能夠根據上下文來進行修正。此外，如果語音無法正確識別，您還可以切換到文字輸入模式，讓您繼續進行對話。由於發音不準確而導致無法理解或對話中斷的情況不太會發生，因此您不需要擔心。

而且，如果發音無法被辨識，就表示「自己不太擅長這個單字的發音」。這是個發現自己某某單字發音不足之處的機會。有時候我們還可能會把單字的念法給記錯。僅靠一個人朗讀文章來練習發音，很難判斷自己發音的優劣。因此，應該是要讓語音辨識功能成為發現自己發音不足的機會，並以積極的態度來看待，將其轉化為改進發音的一步。至於「如何才能正確發音」，需要額外進行發音練習，可以參考本書 p.78 的【專欄 1：使用 AI 工具提升發音技巧】，或參考 p.156 開始使用 ElevenLabs 來進行發音練習。

雖然在電腦版中 ChatGPT 瀏覽器版本還不支援語音對話功能，但您可以使用 Chrome 擴充功能來實現語音對話。此外，在 ChatGPT 的官方應用程式中，您也可以使用語音對話功能。

◆在電腦版的 ChatGPT（Web 瀏覽器）中進行語音對話的方法

如果在電腦上使用 ChatGPT，並希望進行語音對話，您可以使用 Chrome 瀏覽器，並利用名為「Voice Control for ChatGPT」的 Chrome 擴充功能。使用這個擴充功能，它可以即時朗讀文本，使您能夠以流暢的節奏與 ChatGPT 進行對話。因此想要透過語音練習英語會話的人，請務必嘗試使用它。順帶一提，這個功能也支援中文的語音對話。

● 請先設定：

在 Chrome 瀏覽器的應用商店中安裝一個名為「Voice Control for ChatGPT」的 Chrome 擴充功能。

https://chromewebstore.google.com/detail/voice-control-for-chatgpt/eollffkcakegifhacjnlnegohfdlidhn?hl=zh-TW

● 進行語音對話時：

① 啟用 Chrome 擴充功能中的「Voice Control for ChatGPT」（加到 Chrome）

② 打開 ChatGPT 後，底部會顯示用於語音輸入的麥克風按鈕，點擊它並講話

③ ChatGPT 生成回應的同時，會自動進行即時朗讀

＊您也可以更改語言設定或調整朗讀速度。

◆在手機版 ChatGPT 應用程式中進行語音對話的方法

在 ChatGPT 官方的應用程式中，您可以透過免持聽筒進行語音對話。語音輸入的精準度非常高，即使不是講得非常清晰，它也能夠聽懂。而且，只要手機在手邊，您隨時隨地都可以輕鬆使用，所以請務必嘗試使用 ChatGPT 進行語音對話。

● iPhone 版 ChatGPT 官方應用程式的下載連結在此：

https://apps.apple.com/tw/app/chatgpt/id6448311069

● Android 版 ChatGPT 官方應用程式的下載連結在此：

https://play.google.com/store/apps/details?id=com.openai.chatgpt

＊ 在應用程式商店中進行搜尋時，難免會出現許多名稱相近的應用程式，因此請選擇開發者或銷售者為「Open AI 」的官方應用程式。

● 建立帳號：

如果您在電腦網頁瀏覽器版本已建立了帳號，則可以在手機的應用程式中使用相同的帳號。如果您尚未建立帳號，請按照 p.22～23 的步驟建立帳號。

◆在手機應用程式中，使用語音對話功能的步驟：

① 從「Settings」中選擇「Voice」

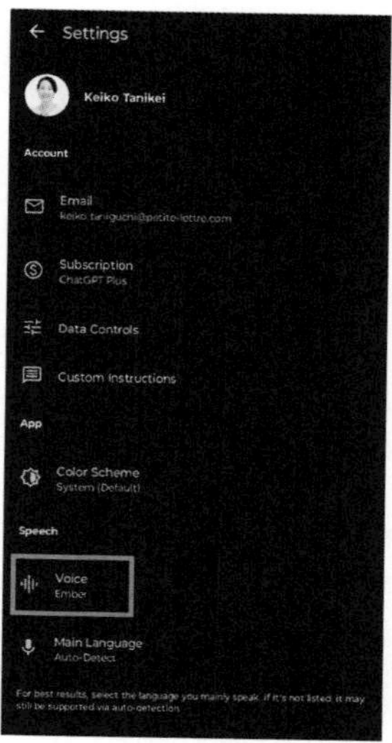

② 選擇您喜歡的聲音

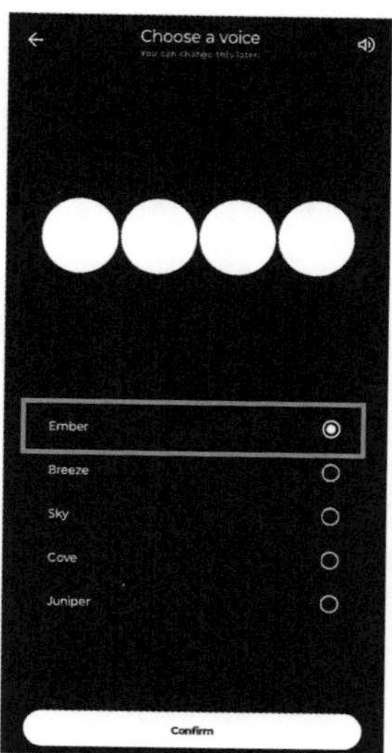

③ 點擊耳機圖示

④ 開始說話。說完話後，稍等片刻，ChatGPT 會以語音回應。當您想結束語音對話時，請點擊×按鈕。

05 在練習英語會話的同時，請 ChatGPT 指出英語錯誤

如同先前在「01. 無限次數地練習英語會話」章節中所述，您可以不斷地與 ChatGPT 進行對話。即使您的英語有一些錯誤，ChatGPT 會自行判斷您的意思並繼續進行對話，這有助於讓對話流暢地進行。不過如果您想在練習英語會話的同時，也提高自己的英語程度，我們建議您要求 ChatGPT 幫您糾正英語錯誤。

在補習班或語言中心等單位或線上英語課程等與人進行會話的情境中，每次都請別人指出自己發音的問題，是相當困難的。此外，要記住所有指正的內容也不是那麼容易，即便當場記下筆記也可能相當麻煩。然而，如果使用 ChatGPT，由於對話的歷史紀錄會以文字形式保存，您隨時可以回顧和確認，非常方便。

我們以「01. 無限次數地練習英語會話」中使用的指令範例為基礎，再添加其他指令，即「每當我用錯英文時，請告訴我哪裡出錯，應該如何糾正」以及「在糾正錯誤後，請繼續用英語問我問題以延續話題」這兩個新的指令。

來練習英語會話吧。

- 你的名字是 Jenny。
- 我的名字是 Keiko。
- 每當我用錯英文時，請告訴我哪裡出錯，應該如何糾正。
- 在糾正錯誤後，請繼續用英語問我問題以延續話題。
- 一次的對話內容請限制在 50 個字以內。
- 來聊聊暑假計畫吧。
- 請你僅以 Jenny 的身分用英文發言。

那麼，從你先開始英語對話。

附上對應的英文指令

Let's practice English conversation.

- Your name is Jenny.
- My name is Keiko.
- Please correct every word of my messages I have entered when they are sent out.
- Please go on with the topic in English by asking me questions after correcting my words.
- Please limit the content to 50 words or less.
- Let's talk about summer plans.
- Please speak as Jenny.

So, let's start the English conversation.

Hello Keiko, I'm Jenny. The summer season is just around the corner! Do you have any plans for this summer? I personally love to go to the beach, soaking up the sun, and just enjoying the beautiful ocean view. What about you?

I love to go to the beach, too! I'm planning to try a surfing this summer.

That's great, Keiko! However, the correct way to say it would be, "I'm planning to try surfing this summer," without the 'a'. So, do you have a particular beach in mind where you'd like to surf?

I have no ideas. Do you know somewhere good?

Just a little correction, Keiko. Instead of saying "I have no ideas," you should say "I have no idea." As for good places to surf, California and Hawaii are renowned for their surfing spots. Have you ever considered visiting there?

中文翻譯

ChatGPT：Keiko 你好，我是珍妮。夏季即將到來！今年夏天你有什麼計畫呢？我個人喜歡去海邊、曬太陽以及享受美麗的海景。你呢？

使用者：我也喜歡去海邊！今年夏天我打算嘗試衝浪。

ChatGPT：太棒了，Keiko！不過正確的說法應該是「I'm planning to try surfing this summer」，不要加上「a」。那麼，你在腦海中有沒有想去衝浪的特定某個海邊呢？

使用者：我不知道。你知道哪裡是不錯的點嗎？

ChatGPT：Keiko，需要稍微修正一下。不是「I have no ideas」，而是「I have no idea」。至於不錯的衝浪地點，加州和夏威夷以其衝浪勝地聞名。你曾考慮過前往那裡嗎？

輸入了前面提到的指令之後，便進行了這樣的英語會話。正如底線部分的 the correct way to say it would be, "I'm planning to try surfing this summer," without the 'a'. 或是 Instead of saying "I have no ideas," you should say "I have no idea."，每當出現英語錯誤時，ChatGPT 都會指正並提供正確的英語。此外，在指出英語錯誤之後，它還能以相同的話題繼續進行對話，而不會就此中斷。就像這樣，ChatGPT 在與使用者進行英語會話的同時，還能夠在使用者出錯時，扮演英語家教的角色，這是它的驚人之處。

指令寫法示範

我們以「01. 無限次數地練習英語會話」章節中使用的指令範例作為基礎，並添加了兩個新的指令。

來練習英語會話吧。

- 你的名字是 Jenny。
- 我的名字是 Keiko。
- 每當我用錯英文時，請告訴我哪裡出錯，應該如何糾正。(1)
- 在糾正錯誤後，請繼續用英語問我問題以延續話題。(2)
- 一次的對話內容請限制在 50 個字以內。
- 來聊聊暑假計畫吧。
- 請你僅以 Jenny 的身分用英文發言。

那麼，從你先開始英語對話。

---

(1) 請求 ChatGPT 每次當自己的英語出現錯誤時，都給予指正。

(2) 有了這個指令，ChatGPT 就能夠在對話過程中給予錯誤的修正。順帶一提，如果在對話開始前沒有包含這個指令，指正錯誤之後的對話可能會偏離原本的主題，而跳離到其他話題去。

在我的測試中，有時在指正英語錯誤之後，ChatGPT 的話題焦點會轉移到「英語的修正」上，並出現類似「Are you taking lessons, or are you going to learn on your own?」這樣與英語學習相關的問題。然而，並非總是會偏離主題，有時也會回到原本的話題。無論如何，如果您想持續進行同一主題的對話，加入 (2) 的指令是比較保險的選擇。

06 學習「更自然的英語表達方式」

在用英語對話時，是否會有一些困擾，例如「總是使用相同的單字或表達」等等。隨著不斷練習英語會話，表達本身的熟練度雖然會提高，但如果只是維持相同的表達方式，則將無法增加單字和表達的變化。但有時也會擔心「雖然對方大致上能夠理解，但這是否為自然的表達方式呢」。

對於有這種困擾的人來說，直接向 ChatGPT 生成「更自然的英語表達」是一種解決辦法。實際上，ChatGPT 可以將您講過的英語，用不同的方式重新表達出來，這樣您就可以學到實用且自然的英語表達方式。

指令部分，我們以「01. 無限次數地練習英語會話」章節中使用過的指令為基礎，再添加「請改寫（rephrase）我每次的訊息用字或表達，改成像英語母語人士那樣更為自然的表達方式。請提供您建議的改寫。」以及「在改寫完之後，請繼續用英語問我問題以延續話題」這兩個新的指令。就如以下所示那樣，在對話的過程中 ChatGPT 會告訴您另一種表達方式。

來練習英語會話吧。

- 你的名字是 Jenny。
- 我的名字是 Keiko。
- 請改寫（rephrase）我每次的訊息用字或表達，改成像英語母語人士那樣更為自然的表達方式。請提供您的改寫建議。
- 在改寫完之後，請繼續用英語問我問題以延續話題。
- 一次的對話內容請限制在 50 個字以內。
- 來聊聊暑假計畫吧。
- 請你僅以 Jenny 的身分用英文發言。

那麼，從你先開始英語對話。

附上對應的英文指令

Let's practice English conversation.

- Your name is Jenny.
- My name is Keiko.
- Please act as my English teacher and rephrase or offer more natural expressions if my speech isn't natural.
- Please continue the conversation in English by asking me questions after correcting my words.
- Please limit the content to 50 words or less.
- Let's talk about summer plans.
- Please speak as Jenny.

So, let's start the English conversation.

Sure, Keiko. Let's get started. My name is Jenny, your English teacher. So, what plans do you have for the weekend?

I'm planning to visit my friend's house in Tokyo.

That's great. Perhaps you could say, "I'm planning to drop by a friend's place in Tokyo." It sounds a bit more casual. How long will you stay there?

Just half day.

You can express it like, "Just for half a day." It sounds more natural. What will you do there?

We will cook together and have a little party.

Sounds fun! Another way to say it could be, "We plan on cooking together and throwing a small party." So, what will you be cooking?

中文翻譯

ChatGPT：當然，Keiko。我們開始吧。我的名字是珍妮，是你的英語老師。那麼，你週末有什麼計畫呢？

使用者：我打算去東京的朋友家。

ChatGPT：很棒。也許你可以說「I'm planning to drop by a friend's place in Tokyo.」這聽起來更加輕鬆自然。你會在那裡待多久呢？

使用者：只有半天。

ChatGPT：你可以這樣表達，「Just for half a day.」，這聽起來更自然。你們會在那裡做什麼呢？

使用者：我們會一起煮飯，舉辦一個小派對。

ChatGPT：聽起來很有趣！另一種表達方式可以是「We plan on cooking together and throwing a small party.」。那麼，你們要煮什麼菜？

如底線部分所示，ChatGPT 每次都會用更自然的換句話說來表達。而且，它依然能延續剛剛的對話，因此各位可以在進行對話的同時輸入新的表達方式，談論你想談論或感興趣的主題。

指令寫法示範

我們以「01. 無限次數地練習英語會話」章節中使用的指令範例作為基礎，並添加了兩個新的指令。

來練習英語會話吧。

- 你的名字是 Jenny。
- 我的名字是 Keiko。
- 請改寫（rephrase）我每次的訊息用字或表達，改成像英語母語人士那樣更為自然的表達方式。請提供您的改寫建議。(1)
- 在改寫完之後，請繼續用英語問我問題以延續話題。(2)
- 一次的對話內容請限制在 50 個字以內。
- 來聊聊暑假計畫吧。
- 請你僅以 Jenny 的身分用英文發言。

那麼，從你先開始英語對話。

---

(1) 要求 ChatGPT 針對自己輸入的英語做改寫，或提供更像母語人士那樣更為自然的表達方式。

(2) 有了這個指令，ChatGPT 就能夠在對話過程中為您輸入的表達提供改寫的建議。就像之前「05 在練習英語會話的同時，請 ChatGPT 指出英語錯誤」的情境一樣，加入這個指令可以防止 ChatGPT 在改寫之後偏離主題，另起新的話題。

將 ChatGPT 建議的會話表達方式，用表格做整理

雖然從 ChatGPT 那裡獲得改寫的建議很方便，但當您想要回顧先前對話中的特定內容時，可能會遇到「我原本打的那句表達在哪裡？」「我原本是怎麼說的？」的困擾，尋找相對應的原表達可能會有些困難。在這種情況下，建議要求 ChatGPT 將目前為止提出的改寫建議整理成表格。您可以直接使用這樣的指令：

「請將您改寫過的表達整理成表格，包括我原本的英文表達、你建議的英文改寫，還有中文意思」。

它將整理出以下內容：「您原本的表達」、「ChatGPT 改寫的表達」、「中文翻譯」。

以表格形式整理之後的內容，您可以直接將其貼到 Excel 或 Google 試算表中，有了越來越多的改寫建議，您可以建立「個人專屬的英語表達替換清單」，非常方便。

English (Original)	English (Suggested)	Chinese
I'm planning to visit my friend's house in Tokyo.	I'm planning to drop by a friend's place in Tokyo.	我打算去拜訪東京朋友的家。
Just half day.	Just for half a day.	只有半天而已。
We will cook together and have a little party.	We plan on cooking together and throwing a small party.	我們打算一起做菜，並舉辦一個小型聚會。

07 讓 ChatGPT 生成會話內容

和 ChatGPT 進行對話是一種有效的學習法，透過設定特定領域或情境的對話，您可以更有效地學到自己需要的詞彙和表達方式。在練習英語會話的過程中，學習們往往過於注重「不斷開口講；不斷輸出」，但**實際上，在腦中輸入（Input）詞彙庫和表達庫也非常重要**。如果您腦中沒有某個詞彙或表達方式，即使想說也說不出來。縱使知道單字的意思，但如果不知道單字用法，那麼當要用到該單字來進行溝通時，就不一定能夠得心應手。因此，增加自己熟悉的單字和表達方式，並將它們轉化到實際的英文對話中，是很重要的。不僅僅是將其當作知識，還需要實際應用並納入到自己的語言體系中。

透過英語會話的例句來增加詞彙和表達，是一種極好的方法。市面上有許多內含英語會話的教科書或參考書，然而，從市售的書籍中尋找自己能用的會話句並不容易，而且可用的會話句數量有限。**ChatGPT 的強大之處在於，它可以根據您想要的主題，無限地生成英語會話句**。而且，您還可以詳細地指定會話場景。舉例來說，如果您因為工作需要到海外出差，您可以設定與客戶首次會面的對話，或者下班後晚餐時的對話等，預先體驗未來幾週內可能遇到的情境，以便提前準備英語會話。而且，只需要給予 ChatGPT 指令，它就能持續提供這樣的會話句，因此永遠不必擔心「例句用完」的問題。

一開始先指定幾種對話情境，ChatGPT 就會生成會話句。我們來看看以下兩個案例吧。

例①海外旅行之入境審查的對話

出國前往入境審查嚴格的國家時，就需要在機場裡進行入境審查的對話。即使是簡短的對話，事先練習一些常見問題，會讓您感到更安心。

請用以下的條件設定，提供一段在美國機場進行入境審查（go through Customs）的英語會話。

・請提供入境審查時可能會詢問的 5 個問題。
・審查官以友善的方式進行對話。
・旅客為台灣人，預計在朋友家住宿 4 晚。

附上對應的英文指令

Please provide a conversation in English for going through Customs at a US airport based on the following conditions:

・Please provide 5 possible questions that may be asked during the immigration inspection.
・The customs officer conducts the conversation in a friendly manner.
・The traveler is a Taiwanese and plans to stay at a friend's house for 4 nights.

Customs Officer: Good morning! Welcome to the United States. How are you today?

Traveler: Good morning! I'm doing well, thank you.

Customs Officer: That's great to hear. Now, I need to ask you a few standard questions for the entry procedures. Can you please tell me what the purpose of your visit is?

Traveler: I'm visiting a friend of mine who lives here.

Customs Officer: Sounds like a fun trip! How long do you plan to stay in the United States?

Traveler: I'm planning to stay for four nights.

Customs Officer: Very well. Where will you be staying during your visit?

Traveler: I'll be staying at my friend's house.

Customs Officer: It's always nice to have familiar faces in a foreign land. What's your occupation back in Taiwan?

Traveler: I'm a software engineer.

Customs Officer: That sounds fascinating. Just one more question - do you have any goods to declare, such as food, plants, or animals?

Traveler: No, I don't have anything to declare.

Customs Officer: Alright, that's all I need. Enjoy your stay and have a great time with your friend. Welcome again to the United States.

Traveler: Thank you so much.

中文翻譯

海關人員：早安！歡迎來到美國。您今天好嗎？

旅客：早安！我很好，謝謝。

海關人員：很高興聽到您這麼說。現在我需要問您一些制式的問題，以進行入境的程序。您能告訴我您來訪的目的是什麼嗎？

旅客：我來拜訪我在這裡的一位朋友。

海關人員：聽起來是個有趣的旅程！您計畫在美國待多久？

旅客：我計畫待四個晚上。

海關人員：很好。您來訪期間將住在哪裡？

旅客：我會住在我朋友家裡。

海關人員：在國外見到熟悉的面孔總是很棒的事。在台灣您是做什麼工作的？

旅客：我是一名軟體工程師。

海關人員：聽起來很有趣。最後一個問題－您有任何需要申報的貨品嗎，比如食品、植物或動物？

旅客：沒有，我沒有任何需要申報的東西。

海關人員：好的，這些是我所需要的全部資訊了。祝您旅途愉快，並與您的朋友度過美好時光。歡迎再次來到美國。

旅客：感謝。

例②線上會議的對話

在工作場合使用英文的人，可以按照以下內容，來設定關於職場的對話內容。盡可能設定自己會遇到的情境，這樣會更有效果。

請用以下的條件設定，提供線上會議情境會使用的英語對話。

- 參與會議並發言的人是製藥公司行銷部門的成員。
- 這些成員是來自美國總部 CFO 的 David 和他的部屬 Katy，以及東京分公司的 Maya 和 Takashi。
- 在上次會議中，我們確認了下一期市場行銷措施的相關課題。
- 在這次會議上，我們將針對每個問題制定計畫。
- 每週與這些成員舉行一次定期會議。

會議的情境：
線上會議已經開始，參與者已經顯示在畫面上。
他們依序是：Maya、Takashi、David、Katy。

Maya: Good morning, everyone. Let's start today's meeting. Thank you all for joining. First, I would like to review the action items from our last meeting regarding the marketing initiatives for the upcoming quarter.

Takashi: Yes, Maya. During the previous meeting, we identified several challenges and areas of improvement. We need to address those issues and devise a solid plan for the next quarter.

David: Absolutely. I appreciate the efforts put forth in analyzing the market trends. Katy and I have reviewed the reports, and we are eager to collaborate with you all to develop effective strategies.

Katy: That's right, David. We believe this meeting is crucial in formulating actionable plans to tackle the identified challenges. Maya and Takashi, could you please walk us through the key issues we need to address?

Maya: Of course, Katy. One of the major challenges we identified was the declining sales in the Asia-Pacific region. We need to investigate the underlying reasons and come up with a plan to boost sales in that market.

（以下省略）

中文翻譯

Maya： 大家早安。我們開始今天的會議。感謝各位參與。首先，我想回顧我們在上一次會議中討論到下一季市場行銷策略的具體作法。

Takashi：是的，Maya。在上一場會議中，我們確定了幾項挑戰和要改進的領域。我們需要解決這些問題，並為下一季制定出穩健的計畫。

David： 確實是這樣。我感謝各位針對市場趨勢進行分析所付出的努力。Katy 和我已經看過了報告，我們迫不及待與各位合作，制定有效的策略。

Katy： 沒錯，David。對於制定可行的計畫，以解決已確定的挑戰，我們認為這場會議至關重要。Maya 和 Takashi，你們能否請帶我們看看我們需要解決的主要問題有哪些？

Maya： 當然，Katy。我們已確定的一個主要挑戰是亞太地區的銷售下滑。我們需要調查其潛在原因，並提出一個計畫來提高該市場的銷售。

像這樣，ChatGPT 會提供我們有關於會議等情境所使用的情境會話。這些都是很有可能遇到的對話內容吧。順道一提，您可以自由地設定對話的條件，例如「請讓對話氣氛是緊張的」或是「由於 Takashi 是新員工，請讓談話內容表現出其他成員是關心新員工的，以緩解緊張氣氛」等等。也可以追加更多的情境或條件。

另外，生成的對話內容可能只是一小段，若想要延續這段對話，只需提出「請提供後續的對話內容」的要求，ChatGPT 就可以提供給您。

指令寫法示範

請用以下的條件設定，提供線上會議情境會使用的英語對話。

- 參與會議並發言的人是製藥公司行銷部門(1) 的成員。
- 這些成員是來自美國總部 CFO 的 David 和他的部屬 Katy(2)，以及東京分公司的 Maya 和 Takashi(2)。
- 在上次會議中，我們確認了下一期市場行銷措施(3) 的相關課題。
- 在這次會議上，我們將針對每個問題制定計畫。(3)
- 每週與這些成員舉行一次定期會議。

---

(1) 設定進行對話的參與者。請具體描述是哪家公司，屬於哪個部門等等。

(2) 設定對話參與者的名字和職位。

(3) 設定對話的背景和目的。如果您是工作中本來就需要使用英語，盡量寫下實際的內容，這樣您就能更容易掌握單字和表達方式。

08 確認各表達句的含義及其他用法

在與 ChatGPT 對話、得到回應的過程中，若遇到不懂的英文，也可以向 ChatGPT 詢問您不了解的表達方式，確認其意義或用法。這麼一來，您就可以持續不斷地增加新的表達。例如，如果不了解「Let's reconvene」這個表達，您可以這樣問：

「Let's reconvene」是什麼意思？可以用在什麼樣的情況？請提供幾個例句。

「Let's reconvene」的意思是「我們再次集合、我們再次召集」，表示召集所有人再次會面以繼續之前的會議或討論。通常是用於休息過後或某活動後需要重新集合的情況下，或者是任何需要再次集合的情況時。具體的目的和時間可能因上下文而異，但基本上是指重新召集參與者。

例如，在一場長時間的會議中，如果需要暫時休息片刻，或者是在單次會議中無法處理完所有議題的情況下，就可以使用類似「Let's reconvene at 2 pm after lunch」（午飯後的下午 2 點我們再次開會）或「Let's reconvene tomorrow to continue our discussion」（我們明天再（集合）繼續我們的討論）的表達方式。

例如，如果我們請 ChatGPT 生成類似前述「07. 讓 ChatGPT 生成會話內容」案例 2 的線上會議對話，其中可能會包含「upcoming quarter」、「put forth」、「please walk us through」等用語，以及一些有趣的表達方式。只要讀到這樣的會話句時，都可以立即詢問 ChatGPT 自己不了解的表達方式，有助於增加相當多的語言知識。

指令寫法示範

「Let's reconvene」(1) 是什麼意思？可以用在什麼樣的情況？請提供幾個例句。(2)

---

(1) ChatGPT 生成的會話句中有不了解的表達，都可以先記錄下來。

(2) 詢問這些表達的用法，在什麼情境下使用，讓 ChatGPT 提供實用的資訊，有助於您學會如何應用這些表達方式。

09 進行角色扮演

非常推薦透過讓 ChatGPT 來扮演特定角色，進行角色扮演。例如，可以設定「被外國人問路」或「出國旅行時在餐廳點餐」等可能發生的情境，並開始和 ChatGPT 一起進行該情境下的英語會話。透過這樣的角色扮演，您可以了解「對方可能問什麼」以及「在這種情況下應該怎麼表達」等，這是非常實際的練習方式。

此外，如果您本身在工作中需要使用英語，那麼事先進行像是與海外公司主管開會的角色扮演等，對於磨練自己的商務英語會話是非常有效的。

當然，有一些書籍收錄了按狀況分類使用的英語短句，例如在旅行中使用的短句。但如果使用 ChatGPT，您可以實際進行英語會話練習，而且對話內容會以文字形式保存，方便您事後反覆練習。此外，在相同的情境下，使用 ChatGPT 您也可以改變回答方式，以不同的模式進行練習，這是 ChatGPT 獨有的優勢。請設定好您想練習的情境，有效且大量地輸入所需的單字和表達方式。

進行角色扮演時，可以基於「01 無限次數地練習英語會話」此章節中使用的指令範例，加入更具體的角色設定、情境和背景說明。

請和我用英語進行角色扮演，情境是辦理飯店入住手續。
請按以下條件進行對話。

條件：
- 你的名字是 John。
- 我的名字是 Keiko。
- 你是新加坡亞太酒店櫃台。我是入住的房客。
- 請你僅以 John 的身分發言。
- 請將每次發言限制在 50 個字以內。

附上對應的英文指令

Let's role-play in English with a scenario of checking-in at a hotel based on the following conditions:
- Your name is John.
- My name is Keiko.
- You are the front desk of the Asia Pacific Hotel in Singapore. I am the guest checking in.
- Please speak as John.
- Please limit the content to 50 words or less.

Hello, welcome to the Asia Pacific Hotel! How may I assist you today?

Check-in, please. I'm Keiko Taniguchi.

Of course, Ms. Taniguchi. Could I please have your booking reference number? Also, may I know your intended length of stay?

I'm afraid I can't find the booking reference number. I'll be staying here for three nights.

No problem, Ms. Taniguchi. Let me search using your name instead. Please bear with me for a moment.

中文翻譯

ChatGPT：你好，歡迎蒞臨亞太飯店！我今天可以怎樣為您服務呢？
使用者：要辦理入住，麻煩您。我的名字是 Keiko Taniguchi。
ChatGPT：當然好的，Taniguchi 小姐。可否提供您的預訂號碼？另外，請問您打算入住幾晚？
使用者：抱歉，我找不到預訂號碼。我要在這裡住三晚。
ChatGPT：沒問題，Taniguchi 小姐。我改用您的名字搜尋看看。請稍等一下。

像這樣，ChatGPT 可以完全扮演成飯店櫃台的 John，進行角色扮演。若有需要在特定情境中使用英語的話，請務必透過這種角色扮演來練習。

指令寫法示範

請和我用英語進行角色扮演，情境是辦理飯店入住手續(1)。
請按以下條件進行對話。

條件：
・你的名字是 John。
・我的名字是 Keiko。
・你是新加坡亞太酒店櫃台。我是入住的房客(2)。
・請你僅以 John 的身分發言。
・請將每次發言限制在 50 個字以內。

---

(1) 開始前請先設定好對話情境，並說明您想進行的角色扮演類型。
(2) 詳細說明角色的設定。角色的背景、情境和狀況描述得越詳細，角色扮演就會更加真實。

可進行角色扮演的情境

● 旅行

・辦理飯店入住手續
・在咖啡廳點餐
・在餐廳用餐
・在美術館購買門票
・預購活動票券
・購買紀念品
・搭乘火車
・搭乘巴士
・搭乘計程車
・迷路時問路
・尋找遺失的錢包
・處理房間糾紛
・處理機場糾紛

● 留學・外派期間在當地的對話

・使用當地圖書館
・參加當地活動
・在派對中自我介紹
・與朋友討論連續劇劇情
・與朋友計畫假期活動
・簽公寓租賃合約
・購買手機
・訂閱網路服務
・開立銀行帳戶
・看醫生
・租車

● 商務

・自我介紹
・簡報
・會議主持
・談判
・面對客戶投訴
・向其他部門提出請求
・與上司或部屬開會
・新進員工培訓
・招聘面試
・餐會

● 在國內與外國人的對話（問路或搭車）

・被外國人問路
・被外國人問到捷運路線
・被外國人問購票方式

● 在國內與外國人的對話（介紹自己的文化）

・自我介紹
・推薦店家
・介紹台灣的飲食方式
・介紹台灣的文化
・介紹台灣的歷史
・介紹台灣的名人
・介紹台灣的習俗

10 用「即時中翻英」的訓練法練英文

不知道各位是否看過有人用「看到中文，馬上翻譯成英文」這個訓練法在練習英文？這個訓練的重點在於「立即性」。對於很難馬上開口說出英語的人來說，當下可能會覺得「不知道應該以什麼作為主詞」。這種練習法的關鍵是，不要仔細考慮，而是在看到中文的瞬間，就迅速地說出對應的英語。這對於一些人來說可能有點挑戰，所以通常會從使用非常簡單的句子進行練習。唯有透過不斷的練習、反覆練習，才能自然而然地開口表達出來。

現在就來使用 ChatGPT，讓它來為您生成中英對照的句子，供您來練習「即時中翻英」的訓練法吧。

請使用「May I ~?」寫出 5 個簡單的英文句子。
請以表格形式呈現，每個英文句子旁皆附上中文翻譯。

附上對應的英文指令

Please provide 5 simple English sentences using "May I ~?," along with their Chinese translations. Please present them in table format.

沒問題。以下我們提供了 5 個使用「May I ~ ?」的英文例句，每個句子前面都附上中文翻譯。

中文	英語
我可以拍你嗎？	May I take your picture?
我可以使用這個座位嗎？	May I use this seat?
我可以問你一個問題嗎？	May I ask you a question?
我可以早點離開嗎？	May I leave early?
我可以使用你的電腦嗎？	May I use your computer?

像這樣給予指令，ChatGPT 就會生成有中文翻譯的 5 個英語例句。先來看只有中文的部分，不要看英文，試著立即說出相對應的英文，然後再確認正確答案。

指令寫法示範

請使用「May I ~?」(1) 寫出 5 個簡單的英文句子。
請以表格形式呈現，每個英文句子旁皆附上中文翻譯。

---

(1) 讓我們加入一些想要練習的題目。

例 1：文法（關係代名詞、假設語氣、疑問句等）

例 2：句型和單字（May I ~ ?、I'd like to ~，以及您想記住的英文單字等）

Column1: 使用 AI 工具提升發音技巧

當使用語音輸入進行英語會話練習時，如果英語發音有誤或不清晰，系統就可能無法正確辨識。如果您想練習英語發音，可以使用一款名為 ELSA Speak 的 AI 發音練習應用程式。

在 ELSA 中，您可以針對各種單字、片語和句子來進行發音練習。一開始先聽示範，然後模仿其發音，這款應用程式擁有高度的語音辨識技術，能夠評估您的發音。根據評估結果，單字會以藍色、黃色和紅色進行顏色區分，點擊紅色或黃色的單字後，它將提供詳細的改進建議。透過這種方式，您可以仔細糾正自己不擅長的發音。

自己的英語發音是否準確，對許多人來說是難以判斷的。如果您在意自己的發音，請利用 ELSA 應用程式檢查並改進您不擅長的發音，然後每天進行一點點的練習來改善發音吧。

使用 ChatGPT 練習閱讀與理解

CHAPTER 03

Chapter 03

使用 ChatGPT 練習閱讀與理解

在英語學習中，當您能夠「正確地在腦中大量輸入（Input）英語」時，您的英語能力才會快速提升。在語言學習中，閱讀和聆聽都是一種輸入（Input）的方式，但如果您想進行大量輸入（Input），閱讀英文是一種高效的方式。

在閱讀英文時，重要的是**「持續閱讀您感興趣的內容」和「閱讀與您程度相符的內容」**。如果您平時已經習慣閱讀英文，那就另當別論，但在一般情況下，閱讀英文需要耗費精力。因此，我們希望各位採用輕鬆愉快的閱讀文本，且能夠增加單字量、加強文法的內容，來練習英語閱讀。從這個角度來看，選擇您感興趣的內容或與您工作相關的內容，對於增加單字量、加強文法是非常有效的。此外，英文的難易度也很重要。如果一篇文章中充滿了大量生字，持續閱讀可能會變得困難，且容易讓人有挫折感。閱讀是「腦中大量輸入（Input）英語」的最佳方式，為了應對大量閱讀，找到可持續閱讀的適當內容是必要的。

然而，現有的參考書或教材中，並非都是您感興趣的英語閱讀材料。有些人可能曾因自己喜歡翻閱的外文書或雜誌文章內容難以理解，而決定等英語能力提升之後再來閱讀。此外，為了準備考試，有些人可能只想閱讀約 500 字左右的英文，且不受主題的限制。然而，為了達到這個目的，購買多本英語教材可能在經濟上並不划算。

因此，找尋符合自己興趣與程度的閱讀教材這件事是一項相當困難的工作。

然而，使用 ChatGPT 的話，它可以根據您的興趣和關注主題，不受限制地為您生成英文。它可以依您指定的主題為您生成文章，或者將現有的英文改寫為特定程度的英文，即時為您生成符合您需求的閱讀素材，因此實在是一個不可忽視的利器。如果每天請 ChatGPT 為您生成一篇英文文章來進行閱讀練習，一年內您將能夠閱讀到 365 篇新的英文，這樣的文章量是很可觀的。

讓 ChatGPT 為您生成感興趣的長篇文章，之後就透過閱讀大量英文來提升您的英語能力吧。

本章節將介紹如何用 ChatGPT 來完成以下目標：

11 用 ChatGPT 生成英文文章

許多人出於各種原因，例如想要閱讀原文書、希望能夠讀懂英語雜誌文章、迅速閱讀英語書信和文件，或是需要為英文檢定的閱讀測驗做準備等，都有著「想要提升英文閱讀能力」的願望。無論是哪種情況，最重要的是持續閱讀，養成「閱讀英文」的習慣。

正如剛才提到的，為了保持持續的習慣，建議閱讀「自己感興趣的內容」。從現有的參考書或教材中，找到這樣的內容可能會比較困難，而且為了應對大量閱讀，每次都購買新的教材在經濟上也並不划算。因此，您可以利用 ChatGPT 快速生成主題是您感興趣的英文，這樣可以更愉快地進行練習。

只需要跟 ChatGPT 提出「請提供有關〇〇的英文」要求，它就能馬上為您生成英文。這比從新聞文章中尋找自己感興趣的內容還要簡單，而且 ChatGPT 可以針對您感興趣或想了解的事物生成英文，讓閱讀的門檻大幅降低。現在，讓我們輸入以下指令，看看 ChatGPT 生成的英文吧。

請寫一篇關於「英國文化」大約 200 字的英文文章。

British culture, rich and diverse, is an amalgamation of centuries-old traditions intermingled with modern innovations and influences.

Perhaps the most iconic symbol of British culture is the monarchy, a historic institution that continues to play a central role in British life. Its palaces, ceremonies, and the Royal Family, embody the traditions and history of the nation.

Another quintessential aspect of British culture is the love for tea. The afternoon tea tradition, complete with scones, clotted cream, and sandwiches, represents a unique social ritual that transcends class and region.

Literature holds a prestigious place in British culture. Britain has given the world many literary giants like Shakespeare, Jane Austen, and J.K. Rowling, contributing to a rich literary heritage that resonates globally.

Sports also play an integral part, with football, rugby, and cricket deeply rooted in the national psyche. Events like the Premier League and the Ashes Test series are keenly followed by millions.

Lastly, British culture is characterised by its politeness, with courteous manners and 'queuing' considered important aspects of societal behaviour.

In sum, British culture is a fascinating blend of history, tradition, innovation, and social etiquette, making it distinctive and influential worldwide.

就像這樣，ChatGPT 能夠立即生成一篇文章。在這個例子中，我們指定了「約 200 字」，而 ChatGPT 提供了一段長度為 193 字的英文。如果內容太短，您可以進一步提出請求，比如「文章再長一點」「內容請增加到 1.5 倍的量」等。

指令寫法示範

請寫一篇關於「英國文化」(1) 大約 200 字 (2) 的英文文章。

---

(1) 請指定您的主題。

(2) ChatGPT 並不會詢問字數，但若您指定長度更長、字數更多的文章，它就會生成篇幅相對較長的英文。

12 用 ChatGPT 翻譯英文文章

雖然也有像 DeepL 這樣優質的翻譯工具，但 ChatGPT 同樣可以進行翻譯。有了 ChatGPT，您只需要在對話框中繼續下指令，它可根據您的指令來進行翻譯，而不須重新回到英文文章，因此非常方便。

舉例來說，剛才在「11. 用 ChatGPT 生成英文文章」章節中，我們用 ChatGPT 生成關於「英國文化」的英文，此時若想要確認內容的意思，有了中文翻譯就更容易了。在這種情況下，只需在 ChatGPT 提供的英文下方繼續輸入「請翻譯成中文」，它就會為您生成中文翻譯。總之，您只需要依自己的需求輸入指令，ChatGPT 根據您的指令進行翻譯，而不必一一重新貼上英文，這確實很方便。

British culture, rich and diverse, is an amalgamation of centuries-old traditions intermingled with modern innovations and influences.（以下省略。請參考p.82-83）

請翻譯成中文。

英國文化豐富且多樣，是數百年來傳統與現代創新及影響的融合體。

或許英國文化最具代表性的象徵是君主制，這個歷史悠久的機構在英國生活中持續扮演著核心角色。它的宮殿、儀式和皇室皆體現了國家的傳統和歷史。

英國文化的另一個典型特徵是對茶的熱愛。下午茶傳統，配上司康、凝脂奶油和三明治，代表了一種跨越階級和地區的獨特社交儀式。

文學在英國文化中占有重要地位。英國給世界帶來了許多文學巨擘，如莎士比亞、簡·奧斯汀和 J.K.羅琳，為全球提供了豐富的文學遺產。

運動也是不可或缺的一部分，足球、橄欖球和板球在國民意識中根深蒂固。英超聯賽和灰燼杯等賽事受到數百萬人的熱切關注。

最後，英國文化以其禮貌著稱，禮貌的舉止和「排隊」被認為是社會行為的重要面向。

總之，英國文化是一個令人著迷的歷史、傳統、創新和社會禮儀融合體，使其在全球各地具有獨特性和影響力。

當然，除了由 ChatGPT 生成的內容之外，您還可以貼上希望翻譯的英文，然後請求將其翻譯成中文。

ChatGPT 更令人驚奇的是，您不僅可提供英文本身，還可以將包含該英文文章的網頁 URL 貼到對話框，它就能幫您翻譯該網頁上的英文。不過直接在對話框輸入網址並進行翻譯，由於需要進行網頁搜尋，**得使用 GPT-4 的付費版本**，並使用 WebPilot 外掛程式，才能進行翻譯。以下我們就來測試看看，貼上介紹關於「莎士比亞」英文版的維基百科網址，並翻譯成中文。

請翻譯以下 URL 連結的文章。
https://en.wikipedia.org/wiki/William_Shakespeare

威廉・莎士比亞（1564 年 4 月 26 日洗禮—1616 年 4 月 23 日）是英國的劇作家、詩人、演員，也是英語文學中最偉大的作家之一，被譽為世界最優秀的劇作家之一。他經常被稱為英格蘭的國家詩人或「埃文河畔的吟遊詩人」（或簡稱為「吟遊詩人」）。他的作品包括 39 部戲劇、154 首十四行詩、3 部長篇敘事詩，以及一些作者不明的詩歌。他的戲劇被翻譯成所有主要的現代語言，比其他劇作家的作品更頻繁地上演。莎士比亞是英語文學中最具影響力的作家之一，他的作品仍在不斷研究和重新解讀。

莎士比亞出生在英格蘭沃里克郡的斯特拉特福德-阿邦-埃文河。他 18 歲時與安·哈瑟維結婚，他們共育有三個子女，分別是蘇珊娜和雙胞胎漢姆雷特和茱迪斯。在 1585 年到 1592 年期間，他在倫敦開始了作為演員、作家和被稱之為「貴族劇團」部分所有者的成功職業生涯。後來作為「國王劇團」廣為人知。約在 49 歲時（大約在 1613 年），據信莎士比亞退休並返回斯特拉特福德，之後三年便去世。由於莎士比亞的私人生活記錄幾乎沒有留下，關於他的外貌、性格、宗教信仰以及他名下的作品是否真的是由他親自製作等方面存在許多猜測。

莎士比亞的大部分知名作品誕生在 1589 年到 1613 年之間。他早期的戲劇主要是喜劇和歷史劇，在這些類型中誕生了一些最優秀的作品。之後，他主要開始創作悲劇，其中包括被認為是英語最卓越的作品之一的《哈姆雷特》、《羅密歐與茱麗葉》、《奧賽羅》、《李爾王》和《馬克白》等。在他生命的最後階段，他創作了一些悲喜劇（也稱為浪漫劇），並與其他劇作家共同創作作品。

莎士比亞的許多戲劇，在他一生中以不同質量和準確性的版本出版。然而，1623 年，莎士比亞的同事和朋友約翰·海明斯和亨利·康德爾出版了莎士比亞的劇作合集，包括 36 部戲劇，通稱為「第一本大全集」。這一版本的序言中包含了莎士比亞昔日競爭對手本·約翰遜的有遠見的詩歌，其中約翰遜讚賞美莎士比亞是「超越時代的存在」。

ChatGPT 翻譯的是維基百科開頭的「摘要」部分。由於莎士比亞的維基百科網頁篇幅實在太長，可能就只翻譯這個部分而已，又或者是 ChatGPT 可能會自行判斷「翻譯到這個地方就足夠了」而停止翻譯，這點目前我們無法確定。同時，目前的 ChatGPT 有翻譯字數上的限制，因此對於過於冗長的英文，可能在翻譯過程中停止或產生錯誤。

如果顯示了「Continue generating」的按鈕，您可以點擊它以繼續生成。如果未顯示該按鈕，而您希望繼續翻譯，請輸入「繼續」的指令，它將為您繼續翻譯後續的部分。

13 讓 ChatGPT 解釋英文文章中的文法

ChatGPT 生成的英文並非針對亞洲英語學習者的程度或理解範圍，因此可能會包含許多不熟悉的詞彙和表達方式，文法結構本身可能也稍微複雜，對亞洲人而言可能會感覺閱讀困難。雖然您可以請 ChatGPT 進行中文翻譯，然後對照解讀，但如果您想先試著「理解句子的文法結構，不想一開始就看中文翻譯」的話，不妨試著請 ChatGPT 進行文法解說。

您只需輸入「請解釋下列英文的文法」，然後將需要解釋的英文貼在下方，ChatGPT 將會詳細地解釋文法，並能解說得像真正的英語老師一樣專業。由於是請求「解釋文法」，因此生成的內容會出現許多文法用語，即使對那些用語的意思不太熟悉，大致上應該能理解其解釋的內容。當然，如果對英語文法一竅不通、完全不記得，或感覺很困難，建議各位先掌握基本的文法知識。在這種情況下，建議您參考第 8 章的「使用 ChatGPT 學英文文法」，繼續深入學習文法。

現在，讓我們來把「11. 用 ChatGPT 生成英文文章」章節中 ChatGPT 生成的第一段內容「British culture, rich and diverse, is an amalgamation of centuries-old traditions intermingled with modern innovations and influences.」拿來請 ChatGPT 解說文法。這是一個相對複雜的英文，句子結構不是很簡單。

請解釋以下這句英文的文法。
British culture, rich and diverse, is an amalgamation of centuries-old traditions intermingled with modern innovations and influences.

這句英文使用了幾個文法結構：

主詞和動詞：這段文字的主詞是 "British culture"。動詞是 "is"，連接主詞和後面的補語 "an amalgamation of centuries-old traditions~"，讓整個句子變得完整。在此主要以 "British culture is an amalgamation of centuries-old traditions intermingled with modern innovations and influences" 的形式呈現。

修飾語："rich and diverse" 是形容詞，用來修飾 "British culture"。這些形容詞詳細説明了主詞的特性和性質。

非限定用法：用逗號隔開的 "rich and diverse" 為主詞（在此是 "British culture"）提供了附加訊息，但這個修飾語對於理解整個句子並非不可或缺。換句話説，"British culture is an amalgamation of centuries-old traditions intermingled with modern innovations and influences" 即使沒有 "rich and diverse"，句子仍可成立。

複合名詞："centuries-old traditions" 是一種複合名詞，其中 "centuries-old" 修飾 "traditions"。這種形式中，通常使用連字號，讓 "centuries" 和 "old" 成為一個形容詞並修飾 "traditions"。

名詞片語："an amalgamation of centuries-old traditions

intermingled with modern innovations and influences" 是一個較長的名詞片語，作為主詞的補語。這個片語的重點是 "amalgamation"，而 "of centuries-old traditions intermingled with modern innovations and influences" 是一個介系詞片語，為 "amalgamation" 提供了詳細訊息。

過去分詞："intermingled" 是過去分詞，放在後面修飾前面的名詞片語，在語意上表示 "centuries-old traditions" 和 "modern innovations and influences" 融合在一起的狀態。

整體來說，這段句子結構相當完整，充分運用了英語文法的各種概念。

這段生成的解說文字按照句子的結構順序由上往下解說，解釋得很清楚吧。了解這段文章的核心重點是 British culture is an amalgamation of（英國文化是由～融合而成的），讓整段句意一目瞭然，讀起來更加流暢。另外順道一提，amalgamation 一詞可能有些難理解，但只要詢問 ChatGPT，它就會向您解釋道：「Amalgamation 是指將兩個或多個不同的要素融合在一起形成一個整體的過程，或指這種融合的結果。這個英語詞彙不僅適用於物理層面，還可以用來描述抽象概念和文化元素。」

對於「修飾語」和「複合名詞」等文法術語，即使不了解也沒關係，只需瞭解「這個詞是在修飾～」或「這兩個詞組合成一個名詞，並修飾～」等基本概念就夠了。

14 指定難易度，並生成英文文章

自己指定主題或指定單字來讓 ChatGPT 生成自己需要的文本已非常方便了，但更令人驚訝的是，也可指定英文程度，它會使用符合指定程度的詞彙和表達來生成英文。由於 ChatGPT 生成的英文，並不是以華人的程度為目標，因此對於英語初學者而言，閱讀起來可能會覺得很難。但對於正在準備 TOEIC 或英檢等考試的人來說，或許會想要更難一些的內容，或是包含更多困難單字的英文。在這種情況下，您就可以「指定英文程度」。

對我們來說，衡量英語能力的標準通常是根據全民英檢（GEPT）或多益（TOEIC）等考試，但是對於 ChatGPT 來說，使用像是英檢程度或多益分數等字樣來要求 ChatGPT 提供英語程度表，它可能仍無法確實理解。向 ChatGPT 傳達英語能力程度的敘述時，使用世界通用的標準「CEFR（歐洲語言共同參考架構）」，它會更容易理解。CEFR 是一個國際標準，用於評估包括英語在內的外語熟練度和應用能力。等級從低到高依序是「A1」「A2」「B1」「B2」「C1」「C2」，其與多益或全民英檢程度相對應的關係如下表所示。對於英語初學者來說，級別「A2」相當於「全民英檢初級」；而對於 TOEIC 得分約為 600 分的人而言，最接近的級別應為「B1」（相當於全民英檢中級）。

CEFR、TOEIC 和全民英檢測驗程度對照表

CEFR	TOEIC Listening	TOEIC Reading	全民英檢（聽力／閱讀部分）*
C1	490 ~	455 ~	高級
B2	400 ~	385 ~	中高級
B1	275 ~	275 ~	中級
A2	110 ~	115 ~	初級
A1	60 ~	60 ~	—

（本表資料來源：LTTC）

*全民英檢（口說／寫作部分）的程度：初級、中級、中高級、高級，分別對應到 CEFR 的 A2+、B1+、B2+、C1+。

那麼，我們就以「如何追求豐富的人生」為作文題目，分別生成符合 CEFR B1 和 CEFR A1 程度的英文，以進行比較。

①生成 CEFR B1 程度的英文

請以「如何追求豐富人生」為題目，撰寫一篇約 200 字之 CEFR B1 程度的英文文章。

"Living a rich life" does not solely mean having a lot of money. It means creating a fulfilling, satisfying existence full of positive emotions and experiences. It means nurturing relationships with friends and family, taking time to enjoy hobbies and activities we love, and finding satisfaction in our work or studies.

To have a rich life, one needs to focus on physical and mental health. Eating well, exercising regularly, and getting enough sleep are all crucial. However, maintaining mental health is just as important. This includes managing stress, seeking help when needed, and practicing self-care, mindfulness, or meditation.

Personal growth is also key. We should always be learning, trying new things, or working on improving ourselves. It's about setting personal goals and not being afraid to step outside of our comfort zone.

Finally, giving back to others enriches our lives. Helping others, being kind, and contributing to our community can make us feel connected and purposeful.

Remember, everyone's rich life will look different. It's not about keeping up with others but finding what truly brings you joy, balance, and fulfillment.

中文翻譯

「過著豐富的人生」並不僅僅意味著擁有很多錢。它意味著創造一個充滿正向情感和經歷的充實且滿足的生活。它意味著培養與朋友及家人的關係，花時間享受我們喜愛的嗜好和活動，並在工作或學習中找到滿足感。

一個人要擁有豐富的人生，就需要注重身心健康。良好的飲食、規律的運動和充足的睡眠都至關重要。然而，維持心理健康同樣重要。這包括壓力管理，在有需求時要尋求幫助，並實踐愛自己、靜心或冥想的行為。

個人成長也是關鍵。我們應該要不斷學習、嘗試新事物，或努力提升自我。這關乎設定個人目標，不害怕走出舒適圈。

最後，回饋他人會豐富我們的人生。幫助他人、善待他人，並為社會做貢獻，可讓我們感到與人是有連結的，且充滿目標的。

記住，每個人的豐富人生看起來都會不一樣。並不是要不落人後，而是要找到真正給你帶來快樂、平衡和滿足的事物。

②生成 CEFR A1 程度的英文

請以「如何追求豐富人生」為題目，撰寫一篇約 200 字之 CEFR A1 程度的英文文章。

"Rich life" does not mean having a lot of money. It is about being happy and healthy. It is important to spend time with friends and family. We should do things that we love, like playing games or reading books.

Eating good food is important for a rich life. We should eat fruits, vegetables, and other healthy foods. Exercise is also important. We can walk, run, or play sports to stay healthy. We need to sleep well every night too.

Learning new things can make our life rich. We can read books, watch movies, or listen to music. We can also learn from school or from our friends.

Being kind to others is also important. We can help our friends, family, and other people. This can make us feel good and happy.

A rich life is about being happy, not having a lot of money. We can live a rich life by taking care of our health, learning new things, and being kind to others.

中文翻譯

「豐富的人生」並不意味著擁有很多錢。它關乎著快樂和健康。花時間與朋友和家人在一起是很重要的。我們應該做一些我們喜歡的事情，像是玩遊戲或讀書。

吃好的食物對於豐富的人生很重要。我們應該吃蔬菜水果和其他健康的食物。運動也很重要。我們可以散步、跑步或運動來保持健康。我們每晚也需要好好睡覺。

學習新事物可以讓我們的人生更豐富。我們可以閱讀書籍、看電影或聽音樂。我們也可以從學校或朋友那學習。

對他人友善也很重要。我們可以幫助我們的朋友、家人和其他人。這可以讓我們感到快樂和幸福。

豐富的人生關乎著的是快樂，而不是擁有很多錢。我們可以透過照顧好自己的健康、學習新事物和對他人友善，來過著豐富的人生。

①的 CEFR B1 程度的英文中，包含一些較難的單字，而且有一些句子比較長。在表達方式上，常使用「○○, △△ and □□」等的並列結構，但並非名詞單字的並列，而是名詞片語的並列，使整體結構看起來比較複雜。例如第三句的「It means nurturing relationships with friends and family, taking time to enjoy hobbies and activities we love, and finding satisfaction in our work or studies.」，此句的重點是「It means nurturing relationships~, taking time~and finding satisfaction~」。然而，由於「～」後的內容比較長，可能會讓人感到有一定的難度。對於那些有高中英文程度的人來說，即使在某些地方可能有不太理解的部分，但整體上應該還是能懂的，難度不算太高。

②的 CEFR A1 程度的英文中，表達方式仍然使用了「○○, △△ and □□」等的結構，但這些並列是以名詞單字為單位，讓文意更

清晰易懂。舉例來說，「We should eat fruits, vegetables, and other healthy foods.」就是一個以單字為單位的並列結構，非常容易理解。

此外，每個句子都相當簡短，且幾乎沒有使用到難度較高的單字。與上一篇文章相比，這篇文章幾乎沒有抽象的描述，而是含了許多具體事物的例子。整體來看，這篇文章應該是適合初中程度的英語學習者來閱讀。

順道一提，雖然是指定「200 字」，但第一篇 B1 程度的文章為 181 個字，第二篇 A1 程度的文章為 165 個字。

指令寫法示範

請以「如何追求豐富人生」為題目(1)，撰寫一篇約 200 字(2)之 CEFR B1 程度(3)的英文文章。

---

(1) 決定好作文題目的話，請放進您的指令中。

(2) 雖然不嚴格要求字數，但這裡供您做參考。因此若指定更多的字數，系統就會生成篇幅相對較長的文章。

(3) 指定 CEFR 等級。

15 增強閱讀能力的單字表

雖然建議「閱讀英文遇到不懂的單字時，都向 ChatGPT 詢問該單字的意思。」然而，當遇到過多難懂的單字時，可能會陷入『提問→確認意思→回到英文文章』的循環中而難以繼續閱讀下去。在這樣的情況下，有個方便的做法是從英文中挑選出難懂的單字，並製作一個單字表。令人驚訝的是，ChatGPT 能夠自動進行單字挑選和表單製作的任務。

閱讀英文時常常一眼看去發現有許多生字或對單字感到困擾的人，建議事先製作一個單字表，以便隨時確認中文意思。當遇到不理解的單字時，只需查詢單字表，就能順利閱讀。此外，這個表單還可以用於單字的複習。而且在指令中指示「請以表格形式呈現」，還可直接將單字表貼到 Excel 或 Google 表格中，非常方便。

那麼，我們先讓 ChatGPT 生成關於「AI 的進化將如何改變人類」主題的英文文章，並針對難懂單字製作表單吧。

請以「AI 的進化將如何改變人類」為題目，撰寫一篇約 150 字的英文文章。

As AI evolves, it's set to reshape human roles profoundly. AI's capacity to handle repetitive and mundane tasks will free humans to focus more on complex, creative endeavors requiring human judgment and emotional intelligence. This transition will see a shift in emphasis from manual and routine tasks towards strategic decision-making, innovation, and the development of more personal, empathetic relationships in both professional and personal realms. Furthermore, the advent of AI necessitates a strong ethical framework, making humans integral to establishing guidelines and regulations for AI use, emphasizing the irreplaceable nature of the human role in this transformative era.

請從此文章中挑選出困難的單字，以表格呈現。每個英文單字旁皆附上中文翻譯。並在原本文章中標註這些單字的所在位置。

沒問題。以下是難易度相對較高的單字及中文翻譯的清單。

英文單字	中文翻譯
evolve	進化
reshape	再形成
repetitive	反覆的
mundane	平凡的；單調的
endeavor	努力
judgment	判斷
emotional intelligence	情緒智商
transition	轉變
emphasis	強調
manual	手動的；用手操作
strategic decision-making	策略決策

英文單字	中文翻譯
innovation	創新
empathetic	有同感的；產生共鳴的
realms	領域
advent	來臨
necessitate	使成為必需
ethical framework	道德框架
integral	不可或缺的
establish	建立
guidelines	方針
regulations	法規
irreplaceable	不可取代的
transformative	改革的
era	時代

像這樣，ChatGPT 會挑出看似困難的單字，並製作成表單，並也會將對應的單字標記在原英文段落中。看起來整理了相當多的單字。

As AI evolves, it's set to reshape human roles profoundly. AI's capacity to handle repetitive and mundane tasks will free humans to focus more on complex, creative endeavors requiring human judgment and emotional intelligence. This transition will see a shift in emphasis from manual and routine tasks towards strategic decision-making, innovation, and the development of more personal, empathetic relationships in both professional and personal realms. Furthermore, the advent of AI necessitates a strong ethical framework, making humans integral to establishing guidelines and regulations for AI use, emphasizing the irreplaceable nature of the human role in this transformative era.

有些我們認為較難的單字，ChatGPT 有時似乎無法掌握，所以一些我們認為可能會出現在表單中的單字，如 profoundly「深刻地」、requiring「需要」，卻未出現在內。此時，會建議各位根據自己的程度來修正單字列表，像是提供如「請提供 CEFR B1 程度以上的單字」的指令。指定出一個明確程度的單字列表，是個不錯的做法。

中文翻譯

隨著 AI 人工智慧的進化，它將深深地改變人類的角色。AI 處理重複且單調任務的能力，將使人類能更專注於那些需要判斷力和情緒智商之複雜、有創造性的工作。這一轉變將使得原本的重心從手動和例行性的工作，轉向策略決策、創新，以及在專業和個人領域中發展更多個人化與更多共鳴的關係。此外，AI 的到來需要一個強大的道德框架，使人類成為制定 AI 使用方針和規定方面不可或缺的角色，強調人類在這個變革時代中不可替代的角色。

指令寫法示範

請從此文章中挑選出困難的單字，以表格呈現。每個英文單字旁皆附上中文翻譯(1)。並在原本文章中標註這些單字的所在位置。

---

(1) 除了提到英文單字、中文翻譯之外，還可以指示要加上音標。

16 指定難易度，讓 ChatGPT 簡化難懂的原文

正如在「14 指定難易度，並生成英文文章」中所解釋的，ChatGPT 能夠根據指定的英語程度生成英文文章。縱使是難以理解的英文，但使用 ChatGPT 重新寫成簡單的英語，就能夠輕鬆讀懂並獲得更多知識。**其中一個建議的方法是，閱讀美國的「CNN」、英國的「BBC」等母語者在閱讀的英語新聞文章。**由於新聞每天都會有大量新文章，這是培養閱讀能力的推薦教材。在學習英語的同時，掌握最新的新聞和全球動態也是一個不錯的方式。

另一個值得推薦的方法，是使用 ChatGPT 將外文原文書簡化，然後嘗試閱讀。從我的另一本著作『一個月讀完原文書的英文閱讀法』的迴響來看，似乎有相當多的人想要嘗試閱讀原文書。然而，對成年人而言，原汁原味的原文書常常包含許多難懂的單字，且句法結構可能也相當複雜。但降低英語難度，可能只能找到適合兒童閱讀的書籍。這樣一來，閱讀起來可能會變得乏味，也難以真正享受故事情節。

原文書常給人的印象是紙本書籍，但實際上您可以使用「Project Gutenberg」（https://www.gutenberg.org/）這個網站，在網路上閱讀原文書。Project Gutenberg 是個提供大量過期著作的數位圖書館，可以在網路上免費取得。無需註冊會員或應用程式，您可以直接在網頁中閱讀，也可以下載到智慧型手機或 Kindle 等設備閱讀。在 Project Gutenberg 上您可找到想要閱讀的原文書，並可將特定某段落複製貼到 ChatGPT 中，然後指示它「將其改寫為 CEFR A1 程度的英文」，這樣您就能輕鬆閱讀。ChatGPT 處理的資料量並非以字數來計算，雖然確切的字數難以確定，但大致上可處理約 2000 字左右的內容。這裡提到的「2000 字」是指「2000 個單字」（以英文單字數

計算），所以能夠處理相當長的文章。

舉例來說，讓 ChatGPT 重新寫一下柯南・道爾（Conan Doyle）的《The Adventures of Sherlock Holmes》（福爾摩斯辦案記）中「A Scandal in Bohemia（波希米亞醜聞）」的開頭部分吧。

請將以下英文改寫為 CEFR A1 程度的英文。

To Sherlock Holmes she is always the woman. I have seldom heard him mention her under any other name. In his eyes she eclipses and predominates the whole of her sex. It was not that he felt any emotion akin to love for Irene Adler. All emotions, and that one particularly, were abhorrent to his cold, precise but admirably balanced mind. He was, I take it, the most perfect reasoning and observing machine that the world has seen, but as a lover he would have placed himself in a false position. He never spoke of the softer passions, save with a gibe and a sneer. They were admirable things for the observer—excellent for drawing the veil from men's motives and actions. But for the trained reasoner to admit such intrusions into his own delicate and finely adjusted temperament was to introduce a distracting factor which might throw a doubt upon all his mental results. Grit in a sensitive instrument, or a crack in one of his own high-power lenses, would not be more disturbing than a strong emotion in a nature such as his. And yet there was but one woman to him, and that woman was the late Irene Adler, of dubious and questionable memory.

She is always referred to as "the woman" by Sherlock Holmes. He rarely mentions her by any other name. He believes she is superior to all other women. However, Holmes never had any feelings of love towards Irene Adler or any other emotions for that matter. He dislikes emotions and prefers to have a cold and precise mind. Holmes is known for his exceptional reasoning and observation skills, but he would never consider himself a lover. He never talks about his own feelings except to make fun of them. He thinks emotions are good for understanding other people's motives and actions but introducing them into his own thinking could create doubts in his mental results. Any strong emotion would disturb him, just like a foreign object in a delicate instrument. Despite this, Irene Adler, with her questionable memory, is the only woman who holds a special place in Holmes' heart.

中文翻譯

對於夏洛克・福爾摩斯來說，她永遠是「那個女人」。我很少聽到他以其他名字提及她。在他眼中，她凌駕所有女性，讓所有女性都相形失色。但這非他對艾琳·艾德勒懷有任何愛情般的情感。所有的情感，尤其是這種情感，都讓他那冷靜、清楚但追求平衡的思緒感到厭惡。我認為，他是世上最完美的推理及觀察機器，但要是陷入愛情，成為戀人，他會把自己擺在一個不利的處境中。每當談及此種柔和的情感，他總以譏笑和嘲諷方式帶過。這些情感對觀察者來說是值得稱許的－非常適合揭示人的動機和行為。但對於一個訓練有素的理性推理者來說，將這些情感帶入自己細膩且刻意調整的氣質中，無疑是將干擾因素導入，很有可能使他推理的結果產生懷疑。一個精密的儀器中出現一粒塵沙，或是他的高度顯微鏡中出現一道裂痕，都不會比這強烈的情感更具干擾性。然而對他來說，卻有一名女子，也就是已故的艾琳·艾德勒，她以可疑及不確定的姿態存在他的記憶中。

將原文改寫為 CEFR A1 程度之後，文章是不是一下子變得更容易閱讀了呢？而且，單字量也從原文的 206 個字減少到了後來的 150 個字，讓整體看起來更加簡潔。此外，原文不僅其用字難以理解，且比喻表達等方面也相當豐富，因此有一些表達難以直接翻譯。將它改寫為簡單的程度後，這樣的難度也變為相對清楚易懂。例如，原文中的「In his eyes she eclipses and predominates the whole of her sex.」這句話改寫成「He believes she is superior to all other women.」（他[福爾摩斯]相信她比其他所有女性都優越）的形式。原文中的「eclipse」和「predominate」這兩個單字相對較難理解，向 ChatGPT 詢問意思的話，它會用以下方式解釋。

以下說明單字的意思。

eclipse（日蝕、月蝕）：

「eclipse」的意思通常是指「日蝕」或「月蝕」，但在此文章中被用作比喻使用，有「使…黯然失色」、「超過」的意思。在這裡，句意是「她使所有女性都黯然失色」，描繪她比其他女性更為出色。

predominate（支配）：

「predominate」的意思是「支配，主宰」。在此文章中表示她主宰了所有女性。由於她比其他女性更為出色，因此她在這個群體中佔主導地位，是此動詞在本句中的含義。

以上是「eclipse」和「predominate」的意思

有時即使已知這兩個單字的中文意思，但當要理解這個句子的意思原來是「福爾摩斯相信她比所有女性都優越」，仍是相當困難的過程。

迄今為止，當在閱讀外文書遇到難懂的句子時，我總是在猜測「可能是在比喻吧」，然後僅能以抽象的概念來理解句子的含義。然而，如果詢問 ChatGPT 的話，它則會以清楚易懂的方式解釋這個句子的意思。使用 ChatGPT 之後，感覺好像什麼都能讀懂。您不必將整段英文轉換成簡單程度，只需將對您而言難懂的句子轉換成簡單的英文即可。

此外，不僅是在閱讀新聞文章或外文書的情況，當您正在寫報告或論文並需要閱讀第一手資料，但英文太難而無法理解時，要求 ChatGPT 依您指定的程度來改寫英文，也是非常有用的。

使用 ChatGPT，您可以一下子闊大您的閱讀領域並獲得更多資訊或知識。不妨將英文原文轉換成您能理解的程度，並且盡量多閱讀英文吧。

指令寫法示範

請將以下英文改寫為 CEFR A1 程度 (1) 的英文。

（貼上英文）

---

(1) 指定您想要改寫的程度等級。

17 讓 ChatGPT 將英文文章做摘要

ChatGPT 的強大之處之一是能夠將文章做重點摘要。閱讀英文報章雜誌等較長的內容時，如果直接閱讀不太理解的內容，可能會感到相當困難。在這種情況下，**建議使用 ChatGPT 為您進行摘要。接著閱讀它提供的摘要，先大致理解文章大意，再挑戰閱讀原文**。掌握了摘要之後，閱讀就會變得非常輕鬆。

此外，做重點摘要的一個好處是，在閱讀原文之前，您可以提前先了解原文中經常出現但自己沒學過的單字。摘要中會包含原文的關鍵字。如果直接閱讀冗長的英文，遇到不熟悉的單字時，很難判斷這個單字到底是一個重要且會對文章理解造成影響的關鍵字，還是一個就算不知道其意義也不會影響理解的單字。如果要全部都查詢，又會花費太長時間，但如果只是快速瀏覽過去，卻發現某些生字很頻繁地出現，不知道單字意思因而影響整段文章的理解的話，可能會覺得這樣的閱讀方式很沒有效率。因此最好一開始就進行摘要，找出重要詞彙，然後正確理解大意，待深入理解內容之後，再來閱讀原文。這樣會更容易閱讀。如果對內容理解仍感到困難，也可以將摘要部分翻譯成中文，這時請讓 ChatGPT 進行翻譯。

此外，如果不是為了學英語，而是想要搜集資訊的話，同樣也可以請 ChatGPT 為文章內容做摘要，僅閱讀摘要部分可以節省時間。

現在，讓我們使用 ChatGPT 針對 Wikipedia 的一部分內容進行摘要吧。

請提供以下內容的英文版摘要。

ChatGPT (Chat Generative Pre-Trained Transformer) is an artificial intelligence chatbot developed by OpenAI and launched on November 30, 2022. It is notable for enabling users to refine and steer a conversation towards a desired length, format, style, level of detail, and language used. Successive prompts and replies are taken into account at each stage of the conversation as a context. While its content spans various domains of knowledge, ChatGPT has displayed a tendency to confidently provide inaccurate information.

By January 2023, it had become the fastest-growing consumer software application in history, gaining over 100 million users and contributing to OpenAI's valuation growing to US$29 billion. Within months, Google, Baidu, and Meta accelerated development of their competing products: PaLM-E, Ernie Bot, and LLaMA. Some observers expressed concern over the potential of ChatGPT to displace or atrophy human intelligence, and its potential to enable plagiarism or fuel misinformation.

ChatGPT is built upon GPT-3.5 and GPT-4, from OpenAI's proprietary series of foundational GPT models. These large language models (LLMs) have been fine-tuned for conversational applications using a combination of supervised and reinforcement learning techniques. ChatGPT was released as a freely available research preview, but due to its popularity,

OpenAI now operates the service on a freemium model. It allows users on its free tier to access the GPT-3.5 based version, while the more-advanced GPT-4 based version, as well as priority access to newer features, are provided to paid subscribers under the commercial name "ChatGPT Plus".

ChatGPT, an AI chatbot developed by OpenAI and launched in late 2022, allows users to tailor conversation characteristics. Despite its rapid growth, surpassing 100 million users by January 2023 and boosting OpenAI's valuation to $29 billion, it has received criticism for sometimes providing inaccurate information and potential misuse. Rival tech companies such as Google, Baidu, and Meta have sped up the development of their own versions. Based on OpenAI's GPT-3.5 and GPT-4 models, ChatGPT has been fine-tuned for chat applications. Initially a free service, the popularity of ChatGPT led to a freemium model with an advanced paid version, "ChatGPT Plus".

中文翻譯（原文）

ChatGPT（Chat Generative Pre-Trained Transformer）是一個由 OpenAI 開發並於 2022 年 11 月 30 日推出的人工智慧聊天機器人。其特點是能讓用戶將對話調整並引導成希望的長度、格式、風格、細節程度和使用的語言。在每個階段的對話中，一來一回的這些指令和回覆都被視為上下文的一部分。儘管它的內容涵蓋各種知識領域，但 ChatGPT 仍會自信地提供不準確的訊息。

到 2023 年 1 月，ChatGPT 已成為歷史上成長最快的消費者軟體應用程式，擁有超過 1 億名用戶，並使 OpenAI 的估價上升至 290 億美元。幾個月內，谷歌、百度和 Meta 加速開發了它們的競爭產品：PaLM-E、Ernie Bot 和 LLaMA。一些觀察家對 ChatGPT 可能會取代或弱化人類智慧，以及其助長抄襲或散佈錯誤訊息的潛在能力表示擔憂。

ChatGPT 以 OpenAI 專有的 GPT 系列基礎模型 GPT-3.5 和 GPT-4 為基礎構建。這些大型語言模型（LLMs），為方便應用於對話模式，已使用監督及強化學習技術進行了優化與調整。ChatGPT 最初以可自由運用的研究預覽版發布，但由於其受歡迎程度，OpenAI 現已改為採用免費增值模式經營。免費用戶可以使用 GPT-3.5 的版本，而更高級的 GPT-4 版本以及可優先使用新功能的權限，則提供給付費訂閱者，商業名稱為「ChatGPT Plus」。

中文翻譯（摘要）

ChatGPT 是一款由 OpenAI 開發並於 2022 年底推出的人工智慧聊天機器人，允許用戶依需求設定對話特性。儘管其迅速成長，且到 2023 年 1 月已超過 1 億用戶，並使 OpenAI 的估價達到 290 億美元，但它也因有時提供不準確的訊息和潛在的濫用而受到批評。谷歌、百度和 Meta 等競爭科技公司已加快開發自己的版本。基於 OpenAI 的 GPT-3.5 和 GPT-4 模型，ChatGPT 已被優化與調整成適用於對話的模式。最初作為免費服務推出，ChatGPT 的受歡迎程度導致其採用了免費增值模式，其中包含一個更高級的付費版本「ChatGPT Plus」。

就像這樣，ChatGPT 將 252 個單字的英文文章摘要成 101 個單字。值得注意的是，如果您需要將較長篇的英文文章做摘要，ChatGPT 有時可能會在進行過程中停止。在這種情況下，請點擊「Continue generating」按鈕以繼續生成。此外，雖然在這裡的示範並未指定字數，但您依然可以提出類似「請提供 80 字以內的摘要」的要求。

18 生成英語兒童故事

對於那些希望孩子學習英語的家長，或是想進行英語床邊故事的家長，我推薦家長使用 ChatGPT，來為自己生成適合孩子學習的故事。雖然市面上已有很多適合兒童的英語圖書和故事，但使用 ChatGPT，您可以創造出一個以孩子自己為主角，且故事中出現孩子喜歡之事物或角色的故事。這樣的故事將讓孩子更愉快地參與其中。

雖然 ChatGPT 也能生成適合成人閱讀的短篇小說，但實際上，要製作出能讓人讀起來是精彩的故事似乎有點困難。內容可能不夠引人入勝。然而，透過將指令巧妙地做些調整，也有可能創作出有趣的故事。如果您有興趣，不妨試著自己動手創造出您喜歡的故事。

要為孩子創作出故事，可以這樣要求 ChatGPT。

請用英文寫出一篇 300 字左右、給 4 歲孩子讀的故事。
・主角的名字是 Haruto。
・在故事中，請加入火車、恐龍、蘋果和最喜歡的背包。
・將它設定為冒險故事。
・請給它一個美好的結局。

Once upon a time, in a small town in Japan, there lived a brave 4-year-old boy named Haruto. He had a favorite backpack, blue with pictures of roaring dinosaurs, that he carried everywhere he went.

One day, Haruto's mom packed him a juicy apple and said, "Today is a special day, Haruto! We're taking a train ride to Dinosaur Park." Haruto's eyes lit up with joy. He grabbed his favorite dinosaur backpack and off they went.

At the train station, they boarded a large and exciting train. Haruto was amazed by the chug-chug sound it made. As he bit into his juicy apple, he watched the passing scenery with wonder. Trees, houses, and fields zipped by like a fast movie.

Once they arrived at Dinosaur Park, Haruto could hardly contain his excitement. He put on his backpack, ready to explore. Suddenly, he noticed a trail that led into the lush forest. "Let's see what's there!" Haruto said, his eyes gleaming with adventure.

Inside the forest, he found a life-sized dinosaur statue. Haruto was a little scared, but remembering the dinosaurs on his backpack, he bravely approached it. As he got closer, the dinosaur statue moved! It was a real dinosaur, but it was friendly and gentle. Haruto couldn't believe his eyes!

The dinosaur noticed Haruto's apple, now a core, in his hand. With a soft nudge, it expressed its wish to have it. Haruto, though surprised, handed over the apple core to the dinosaur who ate it with delight.

With a happy roar, the dinosaur gave Haruto a ride back

to the park. It was the most thrilling adventure Haruto ever had. When it was time to leave, Haruto gave his new friend a hug and promised to come back. That night, Haruto fell asleep clutching his dinosaur backpack, dreaming of his next train adventure to see his dinosaur friend. And they lived happily with their adventurous memories.

And so, Haruto's journey taught him that bravery and kindness could turn the scariest dinosaurs into the best of friends.

中文翻譯

從前從前，在日本的一個小鎮裡，住著一個勇敢的四歲男孩，名叫 Haruto。他有一個他最喜歡的背包，背包是藍色的，上面有幾隻在吼的恐龍圖案，他無論走到哪裡都帶著它。

有一天，Haruto 的媽媽在他的背包裡放了一顆多汁的蘋果，並說：「Haruto！今天是特別的日子，我們要搭火車去恐龍公園。」Haruto 的雙眼充滿了喜悅。他拿起了他最喜歡的恐龍背包，然後他們便出發了。

在火車站，他們走進了一列又大又刺激的火車。Haruto 對它發出的機器轉動聲感到驚訝。當他咬下多汁的蘋果時，他帶著驚奇注視著途中的風景。樹木、房屋和田野像一部快速的電影般從身旁閃過。

當他們一到恐龍公園時，Haruto 幾乎無法控制自己的興奮。他背上了背包，準備探索。突然，他注意到一條通往茂密森林的小徑。「我們去看那邊有什麼！」Haruto 說，眼睛閃爍著冒險的光芒。

在森林裡，他發現了一個真實大小的恐龍雕像。Haruto 有點害怕，但想到了他背包上的恐龍，他勇敢地走了過去。當他越來越靠近時，恐龍雕像動了！它是一隻真正的恐龍，但它友善而溫柔。Haruto 簡直不敢相信自己的眼睛！

恐龍注意到 Haruto 手中現在只剩下果核的蘋果。它輕輕地用鼻子推了推，表達了它想要該果核的意圖。Haruto 雖然驚訝，但還是把蘋果核給了恐龍，恐龍高興地吃了起來。

恐龍發出一聲快樂的叫聲，並帶 Haruto 返回公園。這是 Haruto 曾經體驗過最刺激的冒險。當準備離開時，Haruto 給了他的這位新朋友一個擁抱，並承諾會再回來。那天晚上，Haruto 抱著他的恐龍背包睡著了，夢到他的下一趟火車冒險之旅，去看他的恐龍朋友。他們帶著他們冒險的回憶幸福地過每一天。

Haruto 的旅程教會了他一件事，勇敢和善良可以將最可怕的恐龍變成最好的朋友。

這是一個關於男主角 Haruto 到了恐龍公園，發現那裡的恐龍竟然變成了真實存在的生物，最終 Haruto 與恐龍成為了朋友的故事。這個故事包含了火車、恐龍、蘋果、以及他喜歡的背包等孩子會喜歡的元素。這些元素都巧妙地融入「與恐龍成為朋友」這一主要劇情中。

如果想更進一步，您可以將生成好的英文複製到文字檔中，並在每個英文段落旁添加與場景相符的插圖。或者您可以與孩子一起畫符合場景的圖，創作出屬於自己的繪本，這樣應該會很有趣。

雖然這裡的指令是「給 4 歲兒童讀的故事」，但您可以根據您孩子的年齡和英語程度進行調整。一旦孩子能夠自己閱讀英文，為孩子提供各種故事，有助於提升其閱讀能力。

當然，除了用英文，您也可以用中文創作故事。對有孩子的人來說，不論是英語還是中文，使用 ChatGPT 生成以孩子為主角的故事應該都是一個有趣的體驗。

指令寫法示範

請用英文寫出一篇 300 字左右(1)、給 4 歲孩子(2)讀的故事。
・主角的名字是 Haruto(3)。
・在故事中，請加入火車、恐龍、蘋果和最喜歡的背包(4)。
・將它設定為冒險(5)故事。
・請給它一個美好的結局(6)。

---

(1) 請指定故事的長度（字數）。過長可能會讓閱讀變得困難，建議以 300 個單字為基準。
(2) 請設定是為幾歲兒童所寫的故事。隨著年齡增長，使用的單字也會變得不一樣。
(3) 可註明人物的名字。將自己的孩子設定為主角，會讓故事更有趣。
(4) 如果希望在故事中出現特定某物品或人物，請加入到指令中。在故事中加入孩子喜歡的東西，或是孩子的朋友名，可能會讓故事更吸引人。
(5) 對於故事的類型或場景有想法的話，也請加入到指令中。例如「請設定為前往糖果王國的故事」之類，明確表達出來會比較好。
(6) 如果您的孩子是主角，建議設定為「快樂的結局」，讓故事充滿溫馨與幸福。

使用 ChatGPT 練習英語寫作

CHAPTER 04

Chapter 04

使用 ChatGPT 練習英語寫作

寫作是一種即使是一個人也可辦到的練習法，但在自學的情況下，困難點就在於，如何確認所寫的英文是否正確。在檢查自己寫的英文時，能有一位如「真實老師」般的協助來進行修改，幾乎是必不可少的。過去，我們可能會將自己寫的英文 email 給補習班老師或線上課程的老師來檢查，或者利用英文修改服務的平台。不過，現在在寫作方面，ChatGPT 也可以成為最好的老師。而且，與真人老師不同，由於 ChatGPT 可以即時回應，因此您隨時隨地都可以請它修改。

當您準備要開始下筆寫英文時，像是用英語撰寫郵件或文章時，常用的模式和表達方式在一定程度上也許是固定的，但仍有某些因素會改變您的措辭。例如使用的措辭取決於閱讀的對方是誰，是朋友還是上司，這會改變您在寫作上的表達方式。雖然寫完之後再請求修改也是一種方法，但在寫作的過程中忽然想知道「在這樣的情況下應該使用什麼適當的表達方式」時，ChatGPT 可以立即回答，這點是非常方便的。

此外，每天進行寫作練習時，可能會遇到不知道主題要寫什麼的情況。如果每天都只寫關於今天吃什麼或做了什麼工作的事情，那麼就只會寫出類似的內容，單字和表達方式的使用幅度不會有太大變化。由於 ChatGPT 擅長提供主題，因此不妨也請它提供一些作文題目。

本章節將介紹如何用 ChatGPT 來完成以下目標：

19　要求提供寫作的主題
20　要求修改寫作內容
21　練習寫作時可使用的表達方式
22　使用特定表達方式生成例句
23　練習寫英文郵件
24　指定特定情境和禮貌程度，來進行改寫

19 要求提供寫作的主題

在進行寫作練習時，常見的練習方法是「嘗試用英語寫日記」。因為可以寫下實際經歷和感受，也因此可以愉悅地進行寫作。而且，寫日記每天都可以進行下去，且每天都可能會有新的內容。然而，學生和社會人士基本上平日都過著相似的生活，每天會發生的特別事情並不多。因此，寫作的內容到最後很容易變得千篇一律。另外，在寫日記時，很少會寫與自己生活毫無關聯的事情。這樣一來，就難以有機會使用到新的單字和表達方式，提高自己的寫作程度成為一項挑戰。

此外，如果考試要考作文，可能會出現自己不太熟悉的題目，因此平常需要練習寫與這些主題相關的作文；而實際與外國人交談時，也可能被問到政治、歷史、文化等平常很少涉及的話題。為了應對這些不同的話題，有必要增加可用的單字和表達方式，並思考有關這些主題的觀點，讓自己能夠表達意見。

如果每次都要自己去想各類多樣的作文題目可能會有些難度，因此建議請 ChatGPT 提供題目。ChatGPT 能夠無限提供題目，因此即使每天進行一次寫作練習，也不會擔心沒有題材。那麼，ChatGPT 到底會提供什麼樣的主題呢？

請提供英文寫作的主題。

Absolutely! Here are a few writing prompts in English for you to practice with:

1. Write about the most unforgettable experience you had while traveling. Where did it happen and what occurred? Describe in detail how you felt about it.

2. What is the most influential book you have ever read? Write about why it made such an impact on you, and how it has affected your life or way of thinking.

3. How do you think technological advancements are impacting today's society? Consider aspects such as communication, education, and entertainment, and discuss the positive or negative effects.

4. If a character from your favorite movie or book were your friend in real life, who would it be? What would your days look like spending time with this character?

5. How do you envision the world in 2050? From the standpoint of technology, society, and environment, express your predictions or aspirations.

These prompts provide an opportunity to share your perspectives, feelings, and experiences, all while enhancing your English writing skills. Enjoy the process!

中文翻譯

當然可以！以下是一些英語作文提示供你練習：

1. 寫一篇關於你在旅行中最難忘的經歷。發生在哪裡，發生了什麼事？詳細描述你對此的感受。

2. 你讀過最具影響力的書是什麼？寫一篇關於這本書為何對你有如此大的影響，以及它如何影響了你的生活或思考方式的作文。

3. 你認為科技進步對今日社會有何影響？請將通訊、教育和娛樂等各方面都納入考量，並討論其正面或負面的影響。

4. 如果你最喜歡的電影角色或書中的角色，在現實生活中是你的朋友，那麼它會是誰？與這個角色相處之下的日常生活會是什麼樣子？

5. 你如何想像 2050 年的世界？請從科技、社會和環境的角度，表達你的預測或未來的目標。

這些提示讓你有此機會分享你的觀點、感受和經歷，同時提高你的英語寫作技巧。請享受這個過程吧！

就像這樣，ChatGPT 提供給我們五個主題。每個主題都相當有趣，但內容需要仔細思考才能寫好。主題的數量如果不指定的話，就會隨機提供，有可能只提供給我們一個主題。此外，如果有特定想練習的主題，例如「給我一個以教育為主題的英文作文題目」，就可以指定主題，並請 ChatGPT 給予對應的題目。

20 要求修改寫作內容

完成寫作之後，總是會有許多疑慮，像是「文法是否正確？」「對於母語人士而言，是否有不自然的表達？」以及「傳達的意思是否清楚？」。以前，我們只能請教老師修改，或使用修改工具，但有了 ChatGPT，它可以即時對英文進行修改。**只需清楚地提供指令，ChatGPT 就會告訴您修改的地方和原因，就像真正的老師一樣。**

那麼，它到底會進行怎樣的修改呢？讓我們實際試一試。在這裡，我們來用此題目來寫作：If you could have any superpower, what would it be and why?（如果你可以擁有任何超能力，此超能力會是什麼，為什麼？），並請 ChatGPT 來修改。

請修改以下英文，並將修改的部分和修改的理由以表格做說明。修改的理由請用中文說明。

If I could have a superpower, I want to have one that I can live completely healthy until my life ends. This is because I don't want to straggle with pain, sickness and feeling bad. In everyday life, I want to avoid making my performance get bad for work and hobbies because of the sickness, and in a larger life span, I don't want my family to spend their precious time to take care of me who is sick and need to lie on the bed all day.

Original	Correction	Reason
If I could have a superpower, I want to have one that I can live completely healthy until my life ends.	If I could have a superpower, I would want one that allows me to live completely healthy until my life ends.	在與事實相反的假設語氣的條件句中不適合用 “I want to have”。反之，使用 “I would want” 會讓英文更加自然 (a)。
This is because I don’t want to straggle with pain, sickness and feeling bad.	This is because I wouldn’t want to struggle with pain, sickness, and general discomfort.	「straggle」並非正確的拼字，正確的拼字應為「struggle」(b)。此外，“feeling bad” 是一個不太明確的表達，使用具體的 “general discomfort” 將提高表達的精確度。同樣地，建議將 “I don't want” 調整為符合前面假設語氣的形式 “I wouldn’t want”。
In everyday life, I want to avoid making my performance get bad for work and hobbies because of the sickness,	In everyday life, I want to avoid having my performance in work and hobbies compromised due to illness,	一般而言，比起 “performance get bad”，使用 “performance compromised” 更為自然 (c)。此外，在這裡使用「illness」是比 “the sickness” 更為常見的表達。

修改前的英文想表達的意思

如果我能夠擁有超能力，我希望擁有一個讓我在活著的時候，可以活得十分健康的超能力。這是因為我不想要經歷疼痛、疾病或不適的折磨。在日常生活中，我不希望因生病導致我在工作和嗜好方面的表現受到影響。而以更長遠的壽命來說，我不想讓家人花費寶貴時間照顧因病而臥床不起的自己。

就像這樣，ChatGPT 會以表格的形式告訴我們哪裡做了修改以及修改的原因。我們來看看這些修改內容。

(a) 是有關文法的指正。由於句子以「If I could have」這與事實相反的假設語氣開頭，ChatGPT 建議將逗號後的主要子句也統一改用過去式。

(b) 是有關拼寫錯誤的指正。「struggle」這個單字被寫成了「straggle」，ChatGPT 提醒將正確的拼字修正過來。

(c) 是建議將用詞改為如母語人士較為自然的表達。ChatGPT 將中文「表現不佳」的中式說法，改成英語的表達方式。

如果修改後的英文中包含複雜的詞彙或結構，不確定自己的想法是否有被 ChatGPT 正確理解的話，這時也可以跟 ChatGPT 進行確認。例如，這裡提到「compromise」，如果不確定是否被正確修改，您可以直接詢問 ChatGPT 來做確認。

"my performance in work and hobbies compromised due to illness" 是什麼意思？

這句話的意思是「由於生病，我在工作和嗜好方面的表現受到影響（或受損）」。

這裡使用的「compromised」是指「損害」或「受影響」（在此是過去分詞）。而「due to illness」表示「因為生病」，在此點出表現受到影響的原因。

當身邊有人不僅是糾正您的拼字和文法錯誤，而且還可理解您表達的想法並修正到好，使您的英文看起來更自然卻不改變您的原意，這真的很感激。然而，修正的精確性有時會有些不穩定，因此當您希望確認細節時，可以繼續詢問，例如「為什麼〇〇有錯，能詳細解釋一下嗎？」。此外，ChatGPT 並非僅針對錯誤部分進行修正，有時它還會提出相當高水平的建議，例如「這樣的表達方式更為自然或更貼近慣用語」。

指令寫法示範

請修改以下英文，並將修改的部分和修改的理由(1) 以表格(2) 做說明。修改的理由請用中文說明(3)。

（貼上英文）

---

(1) 請務必指示要 ChatGPT 列出哪裡做了修改，以及修改的原因。如果不這麼做，就只會顯示修改後的英文，這樣要找出哪裡被改就會變得很困難，也不知道為何要修正。

(2) 建議以表格形式呈現，因為這樣可以一目瞭然「原文」、「修正後的英文」和「修正原因」。

(3) 「修改的理由」如果不指定為「中文」，有時可能會用英文解釋。雖然懂英文的人可能不介意，但要是不太懂英文解釋，因而無法理解修改原因，反而本末倒置。有此顧慮的人，建議寫上「請使用中文說明」比較好。

Column 2: ChatGPT 可以用來為英文作文評分嗎?!

日本關西大學的水本篤教授發表了一篇論文，該論文研究了透過 ChatGPT 為英文作文做評分的準確性。該論文題目為「Exploring the potential of using an AI language model for automated essay scoring」，發表在海外的論文期刊『Research Methods in Applied Linguistics』上。在水本教授的論文中，其結論總結如下。

- 僅使用 GPT 進行評分，精準度表現尚可。
- 尚未達到可應用於高風險測驗的標準。
- 加入語言特徵的話，其精準度顯著提高。
- 可視為學習、指導和評估的支援工具，但未達到高風險測驗的標準。
- 僅使用 GPT 來評分的精準度並不高，因此最好結合人工評分。

儘管建議搭配人工評分，但在某一定程度上似乎還是可進行評分。這意味著，英語學習者可以用它來為寫作做自我評分，學校老師們也可以用它來進行初步評分。對於未來 ChatGPT 會有什麼樣的進展，我個人非常期待。

水本篤教授的論文請參照以下連結：
https://doi.org/10.1016/j.rmal.2023.100050

論文內也包含了指令寫法的範例，請務必參考。閱讀英語論文若感到困難，請不妨使用 ChatGPT 協助進行翻譯或摘要。

21 練習寫作時可使用的表達方式

在進行寫作時，了解英語固定的表達方式是很有用的。這點在中文也同樣成立，英語中有一些固定的句型和常用的表達。例如，在寫英文書信時，常用的句型包括「I am writing to...(我寫此信是為了⋯）」、「I would appreciate it if you could...（如果您能夠⋯就太感謝了）」等。使用這些自然的表達方式進行寫作，可以讓文本更接近母語者的表達。

在商務場合中，像是商業書信和演講稿等，也有很多固定的表達方式。如果能夠運用這些句型寫作，會讓英文更具特色。相反地，忽略了這些表達方式可能會給對方帶來不禮貌的印象。

在寫作時，花一些時間慢慢累積可用的表達方式，有助於增加表達方式的豐富度與流暢度。在這方面，可以請 ChatGPT 提供可用的表達方式。在這裡，我們來問問 ChatGPT「請提供寫日記時可以使用的表達方式」。

請告訴我寫英文日記時可以使用的 10 個有用表達方式。

沒問題。寫英文日記時，以下這 10 個表達方式很有用：

1. “Today was a day to remember.”：用於描述特別的日子，或發生難忘事件時使用。
2. “To my surprise, ...”：用於發生預料之外的事件時。

3. "All in all, ..."：用於日記的最後，想寫當天的總結時。
4. "I've been pondering over ..."：針對某特定事物進行深入思考時使用。
5. "The highlight of my day was ..."：用於強調當天最令人印象深刻或最精彩的時刻時。
6. "It was quite a challenge when ..."：在描述某困難或某具有挑戰性的任務時使用。
7. "On a positive note, ..."：強調正面的事件或美好事物時使用。
8. "It's been a while since I..."：在描述久未發生的事情或談論某事時使用。
9. "What I found interesting was..."：在描述學到新知識或經歷有趣事情時使用。
10. "I am looking forward to..."：在表達對未來事件的期待時使用。

就像這樣，不僅列出了寫日記時可使用的 10 個表達方式，還一併解釋了它們的適用時機。如果還有其他需要，像是「請告訴我表達感謝時，可以使用的英文表達」或者「想要表達期待和興奮時，可以使用的英文表達」，想提升表達的豐富度時，都可以隨時詢問。

指令寫法示範

請告訴我寫英文日記(1) 時可以使用的 10 個(1) 有用表達方式。

---

(1) 指示您想針對哪個寫作目的的表達方式。

(2) 不一定要限定 10 句，也可多問一些，來增加可應用的表達方式。

22 使用特定表達方式生成例句

即使請 ChatGPT 提供了在寫作時可用的表達方式，但有時還是會困惑這些表達該如何應用。如果不了解具體用法，就難以用在寫作中。在這種情況下，可以請 ChatGPT 生成該表達方式的例句，以確認其用法。

在前一章「21. 練習寫作時可使用的表達方式」中的第 7 個句型「"On a positive note, ..."：在強調正面的事件或美好事物時使用」，我們可以拿這個表達，來請 ChatGPT 為我們生成一個例句，並確認用法。

請用 "On a positive note,..." 造出 3 個英語句子。

當然沒問題。以下是使用 "On a positive note, ..." 造出的三個英文句子。

1. On a positive note, even though we got lost on our hike, we ended up discovering a beautiful waterfall we wouldn't have seen otherwise.

2. On a positive note, while my homemade cake didn't look like the one in the recipe book, it tasted absolutely delicious.

3. On a positive note, although we missed the bus to the concert, we ran into an old friend while waiting for the next one.

中文翻譯

1. 從正面的角度來看，雖然我們在徒步旅行中迷路了，但我們最後發現了一個我們可能不會看到的美麗瀑布。

2. 從正面的角度來看，雖然我自己做的蛋糕看起來不像食譜書上的樣子，但味道非常美味。

3. 從正面的角度來看，雖然我們錯過了去音樂會的巴士，但在等待下一班巴士時，我們遇到了一個老朋友。

這三個例句都是用於類似「從正面的角度來看，雖然發生了⋯，但還好⋯」的語氣中。在使用 On a positive note, ... 這個句型時，搭配像是 even though、while、although 等表示「雖然」的詞彙，能夠更貼切地表達出這種轉折的意思。

指令寫法示範

請用 "On a positive note, ..."(1) 造出 3 個(2) 英語句子。

---

(1) 寫下您想了解哪個句型的用法。

(2) 沒有數量限制，不輸入數量也沒關係。

23 練習寫英文郵件

我們先前已經提過，寫英文時，常會用到許多固定的句型和格式。其中一個典型的情況就是商業書信或電子郵件。然而，我們在寫一封郵件時，通常沒有時間思考真正適當的英文。在這種情況下，您可以請 ChatGPT 為您生成郵件的範本格式，讓您更有自信地寫英文郵件。

在這裡，我們請 ChatGPT 生成一封內容為「確認下週會議的參與者有哪些人」的郵件。

請用英文寫一封請客戶確認下週會議的參與者有哪些人的郵件。

Subject: Confirmation of Attendees for Next Week's Meeting

Dear [Customer's Name],

I hope this email finds you well.

I am writing to you regarding our upcoming meeting scheduled for next week. We are looking forward to discussing [briefly mention the agenda of the meeting] and how we can collaboratively work towards our shared objectives.

In order to ensure a productive and smooth session, could you please confirm the names of the attendees from your team? Knowing who will be joining us will greatly help in our preparation and will allow us to tailor the discussion in a way that will be most beneficial for all parties involved.

If there are any specific topics or points of interest that you or your team would like us to address in the meeting, please do not hesitate to let us know. We are committed to making this a productive and valuable session for everyone.

Please confirm your attendees by [desired date], so we can finalize the logistics.

We look forward to your response and to our fruitful meeting next week.

Best regards,

[Your Name]
[Your Position]
[Your Contact Information]

中文翻譯

主旨：確認下週會議的與會者

親愛的 [客戶的名字]，

希望您一切安好。

我寫這封信是關於我們預計下週要開的會議。我們期待針對 [簡要提及會議議程] 以及我們可以如何合作以實現共享的目標來做討論。

為了確保會議的成效和順利進行，能否請您確認您團隊的參與者名單？了解誰會參與會議將有助於我們的準備工作，並允許我們能依各方以最有利的需要來調整討論。

如果您或您的團隊有任何具體的主題或興趣，希望在會議上做討論，請隨時告訴我們。我們努力為每個人安排這場具有成效和價值的會議。

請在 [希望的日期] 之前確認您的參與者，以便我們完成會議安排與準備。

期待您的回覆以及我們下週富有成效的會議。

此致，

[您的名字]
[您的職位]
[您的聯絡資訊]

這封郵件格式完整、用詞妥當、清晰易懂，一眨眼的功夫就完成了一封自然流暢的英文郵件。中括弧 [ ] 內的部分您可以自行修改。接下來，只要根據需求添加必要的訊息，或刪除不必要的部分即可。順帶一提，開頭的「I hope this email finds you well.」和「I am writing to you regarding...」等是固定的表達方式，每次都可以使用。

在這裡，我們已經生成了一封商業郵件，但如果您需要寄 email 給國外的飯店，或者寄 email 跟店家問事情等，只要指定收件人和主題，ChatGPT 就能為您生成對應的範本。請根據您的需求使用這些範本。

指令寫法示範

請用英文寫一封請客戶確認下週會議的參與者有哪些人(1)的郵件。

(1) 清楚說明信件的主旨。

24 指定特定情境和禮貌程度，來進行改寫

在進行寫作時，有一個常見的困擾可能是「我寫的英文是否符合情境，或者寫給對方的用詞或語氣是否妥當、是否夠有禮貌」。例如，商務郵件中的用詞是否有禮貌，演講稿的內容是否適合演講、是否正式等等。使用 ChatGPT，您可以將自己寫的英文轉換成符合該情境、適合給對方的妥當英文。以下，我們將寫給客戶的回信轉換為適當的英文。

請將以下英文改寫成適合回覆給客戶的書信內容。

Subject : Feedback of the product label design of SmoothSqueeze

Dear Ms. Baker,

Hello.

I'm very happy that you created a wonderful design for the beverage product, SmoothSqueeze. But, I have some aspects that I want you to improve.

1. This font style of the main logo is too fancy to read. Our main target is a wide range of age groups of customers, and the logo should be easy to read for everyone.

2. This color scheme is fashionable. But, the image of

this drink is more refreshing and summery.

3. It's important for customers to easily read the nutritional content of this drink. So this section should be eye-catching.

If you have some questions and you need to discuss these points, tell me anytime.

Thank you.
Keiko Taniguchi

Subject: Feedback and Suggestions on SmoothSqueeze Product Label Design

Dear Ms. Baker,

I hope this email finds you well.

Firstly, I would like to express my genuine appreciation for the creativity and effort you have poured into the design of our new beverage product, SmoothSqueeze. The resulting concept is indeed compelling.

However, upon review, there are a few points I believe we could further improve upon to best resonate with our target audience and fully encapsulate the spirit of our product.

Logo Design: While the current font style of the main

logo is stylish and unique, it poses some readability challenges. Given that we aim to cater to a wide range of age groups, it is crucial that the logo is easily recognizable and legible. Therefore, could we consider revising it to be more user-friendly?

Color Scheme: While the existing color scheme is indeed trendy, the branding of our beverage leans more towards a refreshing and summery feel. Thus, it would be advantageous to adjust the palette to better reflect this character.

Nutritional Content Display: Lastly, it is vital for customers to have ready access to the nutritional content of our product. We should enhance the visibility of this information, making it more prominent in the overall design.

I am confident that these modifications will strengthen our product's appeal and ultimately lead to a successful launch.

Should you have any questions or if you would like to discuss these points in more depth, please do not hesitate to reach out at your earliest convenience.

Thank you once again for your outstanding work, and I look forward to seeing the evolution of the design.

Best Regards,
Keiko Taniguchi

中文翻譯

主旨：針對 SmoothSqueeze 產品商標設計的反饋與建議

親愛的 Baker 小姐您好，

希望您一切安好。

首先，我要對您在我們的新飲品 SmoothSqueeze 設計上所付出的創意和努力表示真誠的感謝。最終的概念確實很吸引人。

然而，在仔細檢查之後，我認為以下幾點我們可以進一步做改善，以便與我們的目標受眾產生更好的共鳴，並充分體現我們產品的精神。

商標設計：雖然商標主體目前的字體風格時尚且獨特，但商標的可讀性存在一些難度。鑑於我們供應餐點的目標客群是各年齡層的消費者，商標易於識別和閱讀是至關重要的。因此，我們是否可以考慮把這部分改成更便於客群的版本？

配色：雖然現有的配色確實很時尚，但我們飲品的品牌更傾向於清爽和夏天的感覺。因此，調整配色以更突顯此特徵將是有利的。

營養成分標示：最後，讓顧客能夠輕易讀取我們產品的營養成分，也是重要的。我們應該強化這些訊息的可見度，使其在整體設計中更為顯眼。

我很有信心這些修改將增強我們產品的吸引力，並成功上市。

若您有任何問題或希望更深入討論這幾點，請隨時與我聯繫。

再次感謝您的傑出的表現，我期待看到優化後的設計。

Keiko Taniguchi 敬上

如上所示，開頭「Hello.」的部分被改成「I hope this email finds you well.」。同樣地，結尾的「If you have some questions and you need to discuss these points, tell me anytime.」被改成「Should you have any questions or if you would like to discuss these points in more depth, please do not hesitate to reach out at your earliest convenience.」。

「I hope this email finds you well.」以及最後的「please do not hesitate to~」等表達，在商務郵件是很常見的。

此外，改寫後的郵件後半部分也添加了一些肯定的表達，例如「I am confident that these modifications will strengthen our product's appeal and ultimately lead to a successful launch.」（我很有信心這些修改將增強我們產品的吸引力，並成功上市）以及「Thank you once again for your outstanding work, and I look forward to seeing the evolution of the design.」（再次感謝您的傑出的表現，我期待看到優化後的設計），這些表達旨在對對方的肯定，讓郵件給人留下積極正面的印象。

指令寫法示範

請將以下英文改寫成適合回覆給客戶的書信內容(1)。

（貼上英文信件內容）

---

(1) 如果能明確指示這封書信的目的是什麼，便可適當地修改成對應的內容。

使用 ChatGPT 練習英語聽力

CHAPTER 05

Chapter 05

使用 ChatGPT 練習英語聽力

對於那些希望「實際應用英語」的人來說，我會強烈建議好好地練習聽力。有些人即便擁有豐富的單字量和文法知識，但仍聽不懂母語人士說的英語。或者，即使 TOEIC 分數在 900 分以上，我們也經常看到聽不懂英語會話內容的人。這不是因為英語能力不足，而是缺乏聽力訓練。

每日固定時間進行聽力訓練，可以讓聽力在短短三個月內顯著提高。透過 ChatGPT，您可以輕鬆製作用於聽力訓練的英文腳本，並持續進行訓練。雖然 ChatGPT 的標準功能中尚未包含語音朗讀功能，但**如果您先用 ChatGPT 生成英文腳本，接著使用另一個語音合成的人工智慧工具，來為您朗讀這些腳本**，便可以進行有效的聽力訓練。

如上所述，運用 ChatGPT 的話，您可以輕鬆製作與自己興趣相關，或是實際情境下使用的英文腳本。這樣一來，您不僅可以有效地學習必要的單字和表達，還可以訓練聽力。

本章節將介紹如何用 ChatGPT 來完成以下目標：

25 使用 NaturalReader 進行聽力練習
26 生成一段獨白來練習聽力
27 練習聽自己不熟悉的發音
28 提升聽力的發音練習

25 使用 NaturalReader 進行聽力練習

由於 ChatGPT 本身無法重複播放語音，因此單獨使用它進行聽力練習可能會有困難。但如果與語音合成人工智慧工具搭配使用的話，可以進行十分有效的聽力訓練。首先，我們將介紹一個相當易於使用的語音合成人工智慧工具「NaturalReader」，讓您了解如何使用它來練習英語聽力。

NaturalReader 的免費版本已經很夠用於學習了，即便不登入帳號，而是直接前往該網站並將英文貼到上面去，同樣可以進行語音朗讀，非常方便使用。而且，它還可以調整朗讀速度，使用起來更加便捷。

NaturalReader 的用法如下

① 前往 NaturalReader 的網站
https://www.naturalreaders.com/

② 點擊右上方的「START FOR FREE」按鈕

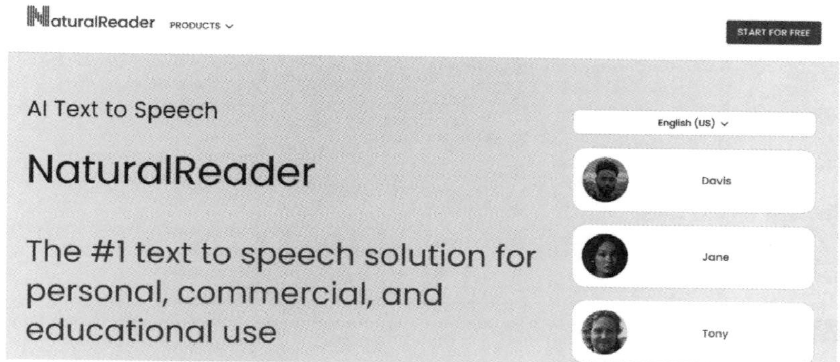

③ 於畫面中有「Drag and drop your files,」等文字的框內貼上您的英文腳本。

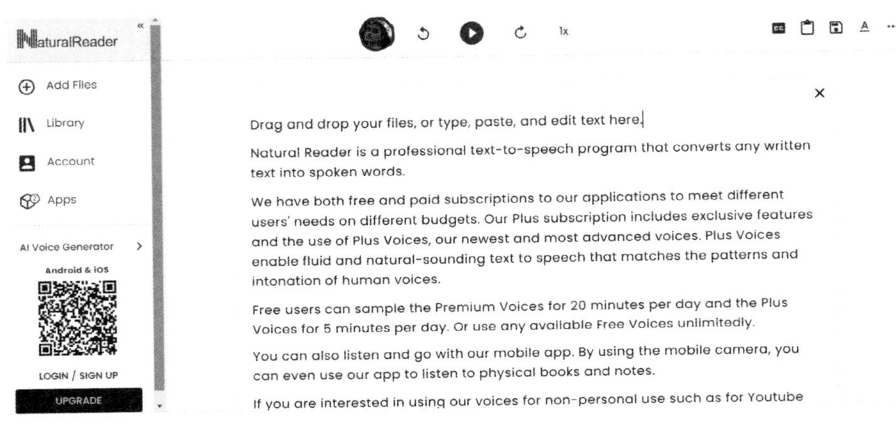

④ 點擊頂部人臉圖案，選擇為您朗讀的母語者聲音。點擊「English（US）」處，您還可以選擇如 UK、Australia、India、Wales 等各區域英語。

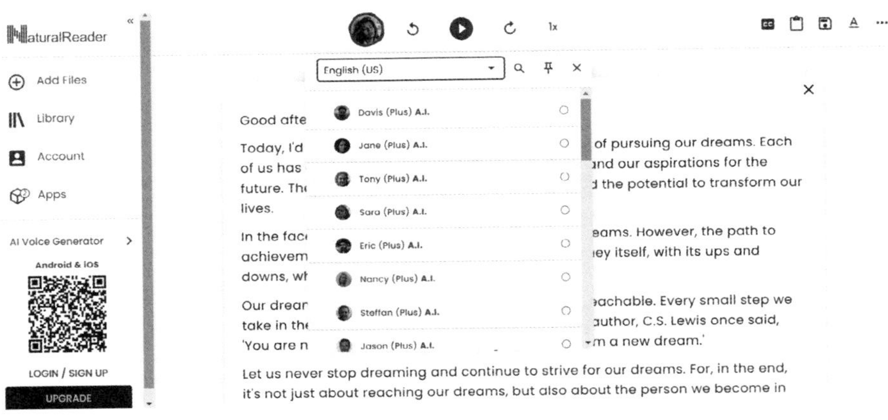

⑤ 點擊頂部的 ▶ 符號，即可播放聲音。

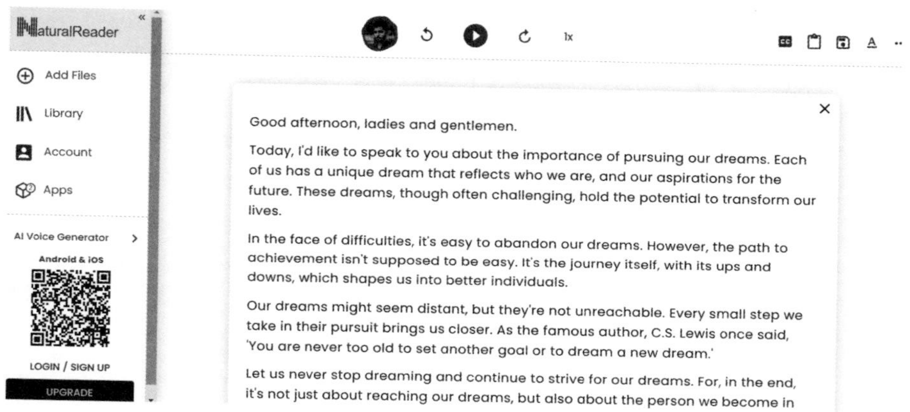

⑥ 如果想要更改速度，點擊「1x」處，然後移動「Select Speed」滑桿，以進行速度調整（向上調快，向下調慢）。

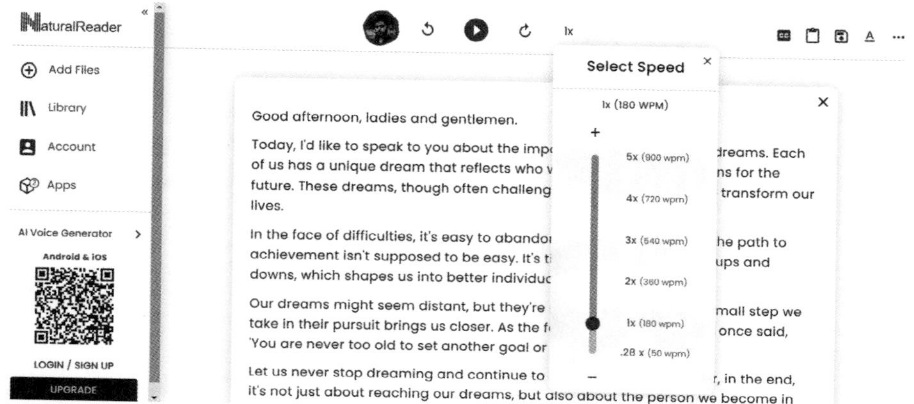

NaturalReader 可以為您朗讀各類主題的英文。例如，可以直接將網路新聞等文章複製貼上，然後讓它朗讀給您聽。此外，若您希望請它朗讀的是紙本資料時，使用手機上的「Google Lens」等應用程式來將紙本資料上的文字轉成電子檔，也是一個方便的做法。

26 生成一段獨白來練習聽力

以下我將介紹一種推薦的聽力訓練法，即「獨創七步驟跟讀法」，也就是使用 ChatGPT 搭配語音合成人工智慧進行的方法。

跟讀法（Shadowing）原本是口譯員作為基礎訓練的方法，是一種聽到英文馬上跟著唸的訓練。雖然這是加強英語聽力非常有效的方法，但如果一開始就這樣嘗試，可能會難以掌握，容易產生挫折感。因此，按步就班進行跟讀，即使是一般的英語學習者也可輕鬆地練習跟讀法。此外，透過我的跟讀法中進行的「理解內容」和「重複練習」等細微的發音訓練，還能有效補強一般跟讀法單靠模仿卻無法提升英語能力的問題。請嘗試用 ChatGPT 定期為您生成腳本，透過每週一次之類的頻率，開始您的聽力訓練。

以下的範例中，我們將生成一個可能出現在 TOEIC 聽力測驗 Part 4 中的個人獨白英文腳本。

① 準備：使用 ChatGPT 生成英文腳本和中文翻譯

請提供一個用於聽力練習大約 200 字的英文。
- 請提供一篇可能出現在 TOEIC Part 4 測驗中的美術館內廣播。
- 請包含 CEFR B2 程度單字。
- 請同時提供中文翻譯。

Ladies and gentlemen, welcome to the ArtWonder Museum. We are delighted to have you here today to explore the fascinating world of art. Before you begin your journey through our galleries, we would like to provide you with some important information.

Firstly, we kindly ask you to refrain from touching the artworks. Many of the pieces on display are delicate and valuable, and any accidental damage could be irreparable. Please admire them with your eyes and appreciate the artists' creativity and skill.

As you make your way through the museum, you will notice that each gallery focuses on a different art movement or period. From Renaissance masterpieces to contemporary installations, our collection offers a diverse range of artistic expressions.

To enhance your understanding of the artworks, we have provided detailed descriptions and historical contexts for many pieces. These can be found next to the respective exhibits or through our mobile app, which you can download for free from the ArtWonder Museum's website.

For your convenience, we have strategically placed benches and seating areas throughout the museum. Feel free to take a moment to rest, reflect, and absorb the beauty that surrounds you.

Should you have any questions or require assistance,

our friendly staff members, wearing badges with the museum logo, will be more than happy to help you. Don't hesitate to approach them for guidance or additional information.

Lastly, we encourage you to visit our gift shop and café located on the ground floor. The gift shop offers a variety of art-related merchandise, while the café serves refreshments and light snacks to recharge your energy.

Thank you for choosing the ArtWonder Museum as your cultural destination today. We hope you have a wonderful and inspiring experience. Enjoy your visit!

以下是中文翻譯。

各位先生、各位女士，歡迎來到 ArtWonder 美術館。我們非常高興今天能有機會帶各位探索迷人的藝術世界。在您開始參觀我們的畫廊之前，我們想要向您提供一些重要資訊。

首先，我們要懇請各位不要觸摸藝術品。許多展示的作品都是易碎品且十分珍貴，任何意外造成的損壞可能都無法修復。請用您的雙眼欣賞，並感受藝術家的創意和技巧。

當您走在美術館內時，您會注意到每一個畫廊都聚焦在各自不同的藝術運動或時期。從文藝復興時期的傑作到當代的裝置藝術，我們的收藏以多樣化的藝術形式展現。

為了提升您對藝術品的理解，我們為許多作品提供了詳細的說明與其歷史背景。您可以在各個展示品旁找到這些說明資訊，也可以透過我們的行動裝置應用程式獲取，而此應用程式可以從 ArtWonder 美術館的網站免費下載。

為了您的方便，我們在美術館各處都貼心地設置了長椅和休息區。隨時都可稍坐休息、思考事情以及好好享受這美好的氛圍。

如果您有任何問題或需要協助，我們佩戴著美術館標誌徽章的友善工作人員，將非常樂意為您提供協助。隨時都可向他們尋求指引或取得更多資訊。

最後，我們建議各位參觀位於一樓的禮品店和咖啡館。禮品店提供各種藝術相關商品，而咖啡館則提供茶點和輕食，為您好好地充電。

感謝各位選擇 ArtWonder 美術館作為您今日的文化饗宴之旅。我們希望您有一個美好、有啟發性的體驗。祝您參觀愉快！

ChatGPT 已為您生成了一個看似適用於 TOEIC Part 4 的英文。現在，讓我們使用 ChatGPT 為您生成的英文，按照以下七個步驟進行「獨創七步驟跟讀法」吧。

在以下標有「***請使用語音 AI**」的步驟中，表示請使用語音合成人工智慧 NaturalReader 播放音檔。

② 進行獨創 7 步驟跟讀法

步驟 1

聽力練習（不看腳本，只聽一遍） *請使用語音 AI

使用 NaturalReader 應用程式，先不看英文腳本，僅聽一遍播放出來的音檔，確認自己能聽懂多少。

步驟 2

聽寫練習（將聽到的內容寫下來） *請使用語音 AI

使用 NaturalReader 應用程式，音檔一句一句聽，然後寫下聽到的內容。可以每聽到一句就先按暫停，並把聽到的內容寫下來。若不暫停直接寫，擔心可能會跟不上速度，所以請在每句結束或在適當的地方停下來寫。您可以使用電腦打字，而是手寫。

完成所有聽寫後，請翻閱聽到的英文腳本，來進行確認。將未能寫下或寫錯的部分用顏色或底線標記。最後，請一邊看著英文腳本，一邊聽音檔。如果發現自己的發音不符預期，或者感到某部分不自然，請重複聽這些部分。

步驟 3

閱讀理解（閱讀腳本，理解內容）

先閱讀英文腳本，接著參考**①準備階段**生成的中文翻譯，並理解內容。如果不懂句子的意思或有不認識的生字，可以詢問 ChatGPT。您也可以請 ChatGPT 針對這篇英文中的單字整理一份單字列表。

步驟 4

朗讀練習（以快速、中速、標準速朗讀，各 3 遍）

朗讀英文腳本。請進行快速朗讀（以自己最快的速度）、中速朗讀（比正常速稍微快一點的速度）、標準速朗讀（正常、適當的速度），總共進行 3 遍。朗讀 3 遍之後，漸漸累積了對這篇文章的熟悉度與記憶。最後請試著在理解英文意義的同時，全力再朗讀一遍。

步驟 5

複誦練習（聽音檔複誦，逐句模仿）*請使用語音 AI

使用 NaturalReader 應用程式播放音檔。請一句一句播放，播放一句時請先暫停，並模仿音檔複誦。包括發音、語調、重音、單字與單字之間的變化（連音）等，都要完全模仿。

步驟 6

重疊練習（看腳本，試著幾乎同步跟著音檔唸）*請使用語音 AI

使用 NaturalReader 應用程式聽音檔的同時，試著幾乎同步跟著音檔唸，將自己的聲音跟音檔重疊在一起，請在閱讀腳本的同時進行。重複此步驟，直到幾乎完美同步為止。

步驟 7

跟讀練習（跟著音檔把聽到的內容說出來）*請使用語音 AI

使用 NaturalReader 應用程式聽音檔的同時，立即跟著音檔把聽到的內容說出來，並模仿其聲音，在這個過程中不看腳本。一旦聽到聲音，就要嘗試跟著說出聽到的內容。重複進行此步驟，便有辦法將越來越多的內容都模仿得到位。一旦有無法跟上速度或沒跟著唸的部分，請重新確認該部分。

指令寫法示範

請提供一個用於聽力練習大約 200 字(1)的英文。

- 請提供一篇可能出現在 TOEIC Part 4 測驗中的美術館內廣播(2)。
- 請包含 CEFR B2 程度單字(3)。
- 請同時提供中文翻譯(4)。

---

(1) 字數方面不需要嚴格要求，這只是一個參考值。如果您指定更多的字數，就會生成更長的文章。

(2) 如果您特別需要進行這類聽力練習，請事先在指令中提到。如果沒有，可以直接略過不提。

(3) 加入此指令，英文腳本中就會出現一些難度較高的單字。

(4) 由於中文翻譯也會在 7 步驟中之步驟 3 的「閱讀理解」中使用，請一同在指令中提到。

27 練習聽自己不熟悉的發音

舉例來說，像是許多人可能分辨不出 L 和 R 的發音，或是 S 和 Th 的發音等。在這樣的情況下，您可以請 ChatGPT 為您生成包含這些發音的英文，並將其用於聽力練習。由於自己可發音的單字，通常也就是自己也能聽懂的單字，所以在聽過這些單字之後，嘗試複誦是一種有效的練習法。透過反覆練習，您將能夠辨別並掌握這些困難的音。

那麼，我們現在就請 ChatGPT 生成包含 L 和 R 音的英文，以進行聽力練習。

我想要練習辨別 L 和 R 的發音，請提供 10 個包含這兩個發音的英文句子。

沒問題。以下是包含 “L” 和 “R” 發音的十個英文句子，請進行練習。

“Larry loves to listen to rock music.”
“Rita left her laptop in the library.”
“Randy’s red car is larger than Larry’s.”
“Lara and Robert took a long road trip together.”
“Ruth loves reading literature on the lawn.”
“Ralph’s loyalty was more important than his wealth.”
“She left her umbrella at the railway station.”
“Carl’s laughter is louder than any other sound in the room.”
“Roll the ball towards the large wall.”
“Larry’s parrot, Roger, likes to say ‘hello’ a lot.”

中文翻譯

Larry 愛聽搖滾樂。

Rita 把她的筆記型電腦留在了圖書館。

Randy 的紅色汽車比 Larry 的大台。

Lara 和 Robert 一起進行了一趟長途旅行。

Ruth 喜愛在草坪上閱讀文學。

Ralph 的忠誠比財富更重要。

她把雨傘留在火車站。

Carl 的笑聲比房間裡任何其他聲音都大聲。

把球滾向那面大的牆壁。

Larry 的鸚鵡 Roger 很常說「你好」。

有些句子中可能包含 4 到 5 個以 L 和 R 開頭的單字。使用 NaturalReader 等語音合成 AI 聽每句英文之後，請試著自己朗讀看看。由於 L 和 R 不斷地出現，就像是一種簡單的繞口令一樣。請在練習時享受樂趣。

指令寫法示範

我想要練習辨別 L 和 R(1) 的發音，請提供 10 個(2) 包含這兩個發音的英文句子。

---

(1) 寫下您想要練習的發音。

(2) 可以不必一定要十個，但最好練習多聽一點單字，效果會更好。

28 提升聽力的發音練習

「為了提升聽力，練習發音是個好方法」這種說法各位可能已經聽過了，因為自己發音正確，才會更容易聽懂單字的發音，所以發音練習對聽力也有一定效果。為了改善發音，建議使用簡短的英文進行發音訓練，特別是進行「複誦練習」的發音訓練可有效改善發音。

而且，使用名為 ElevenLabs 的語音合成 AI 工具中的「Instant Voice Cloning」功能，您甚至可以上傳自己的聲音，並用此聲音來進行語音合成。由於聲音範本是用自己的聲音結合發音優質、幾乎達到母語水平的品質，因此更接近所期望的發音，有助於提高複誦練習的效果。

在 ElevenLabs 中合成自己聲音的方法

① 前往 ElevenLabs 的網站
https://beta.elevenlabs.io/

② 註冊帳號，進入付費版的「VoiceLab」選單

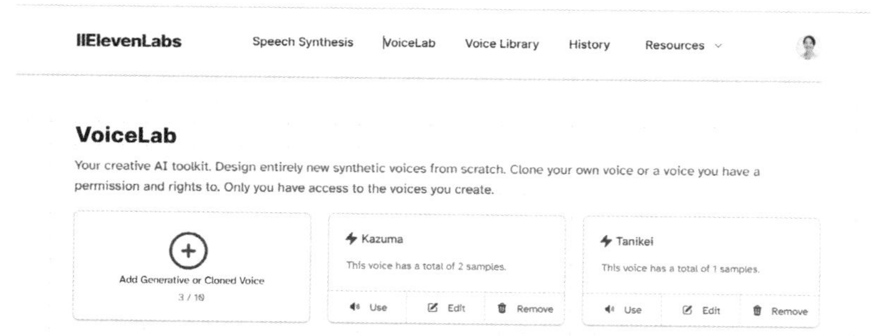

③ 點擊「Add Generative or Cloned Voice」的＋按鈕之後，選擇「Instant Voice Cloning」

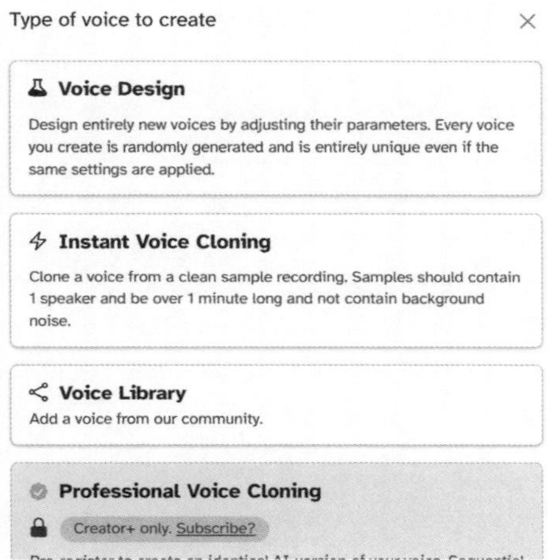

④ 在 Add Voice 的畫面中上傳自己的聲音檔（最好是朗讀英語的檔案），上傳超過 5 分鐘的聲音檔可獲得更好的質量。最多可以上傳 25 個音檔。

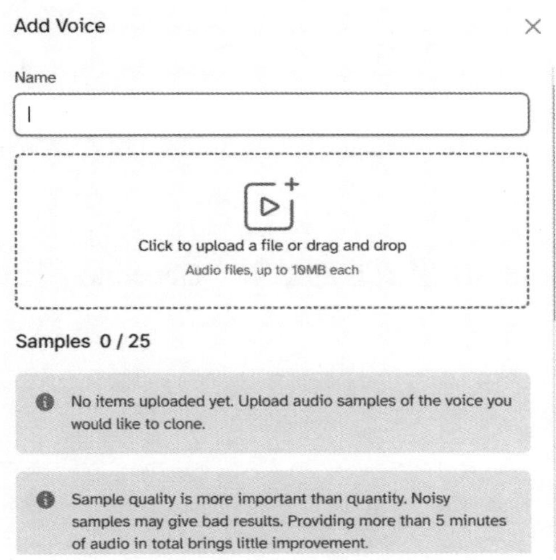

⑤ 回到 Voice Lab 的畫面後，表示已完成聲音製作，請點擊您想使用之聲音旁的「Use」按鈕。

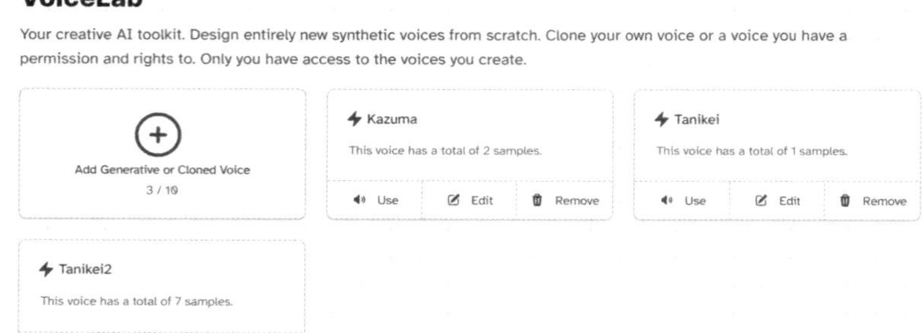

⑥ 在 Speech Synthesis 的畫面中，將希望朗讀的英文貼到 Text 欄位。

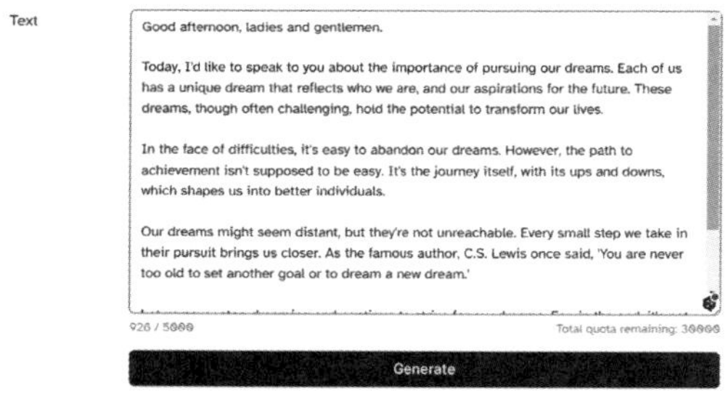

⑦ 在 Speech Synthesis 畫面底部點擊「Generate」按鈕，即可進行語音合成

當然，我們可以請 ChatGPT 生成一些用來練發音的簡短英文，如下所示：

請提供 10 個用來練習英語發音且適用於海外旅行的簡短句子。

沒問題，以下是適用於海外旅行的常見表達。

"Could you please show me the way to the nearest subway station?"
"I would like to order the grilled salmon, please."
"Excuse me, could you help me with these suitcases?"
"Do you have any recommendations for local sightseeing spots?"
"Is it possible to have a late check-out?"
"Where can I find a good coffee shop around here?"
"Could you please help me buy a ticket for the museum?"
"I am lost. Could you point me to Main Street?"
"Can I get a map of the city at the reception desk?"
"Do you know a good place to buy souvenirs nearby?"

中文翻譯

您可以告訴我最近的地鐵站要怎麼走嗎？

我想要點燒烤鮭魚，謝謝。

不好意思，您能幫我拿這些行李嗎？

您有沒有推薦的當地觀光景點？

能否晚一點退房？

這裡附近哪裡可以找到一家好的咖啡店？

您可以幫我買一張博物館的門票嗎？

我迷路了，可否為我指引去主街的路嗎？

我可以在櫃台索取市區地圖嗎？

您知道附近哪裡有可以買紀念品的推薦的店嗎？

指令寫法示範

請提供 10 個(1) 用來練習英語發音且適用於海外旅行(2) 的簡短句子。

---

(1) 即便不是 10 個也沒關係。例如，您也可以一次生成 100 句英文。然而，由於發音練習需要仔細聆聽，並不斷重複才會比較有效果，因此最好不要一次進行 100 句的練習。

(2) 既然要進行發音練習，最好生成一些自己想要練習的主題。

使用 ChatGPT 記英語單字

CHAPTER 06

Chapter 06

使用 ChatGPT 記英語單字

詞彙能力是學好英語的重要基石。有些人可能對於記單字會感到抗拒，但若想要提升英語能力，就無法避免這一步驟。當然，如果每天都能沉浸在大量的英語環境中，就像在英語系國家中成長的孩子那樣的話，便能自然而然地掌握單字。不過對於希望提升英語水平的成年人來說，有目的性、計畫性地學習單字會是更加有效的方法。

如果單字都沒學過，閱讀或聆聽英文時，當然是無法理解的。由於身為外國人的我們與英語母語者之間，在單字量方面有相當大的落差，因此即使已經是高級程度的英語學習者，仍需持續學習、增加詞彙量。

此外，有許多記單字的方法。然而，只靠單字卡本身可能會難以記憶，即使能夠迅速說出單字的中文翻譯，依然會有不知道該如何使用這些單字的問題。因此，在花時間學習單字的同時，應該也要學習單字的含義、發音和用法。如果有時間的話，同義詞、反義詞等也一起學起來，也是值得推薦的方法。

雖然市面上有很多單字書，但由於沒學過的生字和已學過的單字通通混雜在一起，在學習時效率並不是很高。而且，市面上不會有一本專為您的單字量需求量身訂作的書籍。那麼，為什麼不讓 ChatGPT 為您生成您個人專屬的單字表呢？

本章節將介紹如何用 ChatGPT 來完成以下目標：

29　要求列出要記住的單字
30　要求說明單字的字源
31　要求說明如何區分意義相似的單字
32　要求列出單字的同義詞、反義詞
33　生成包含指定單字的例句
34　生成單字測驗

29 要求列出要記住的單字

不少人會使用市面上的教材記單字，像是旅遊英語單字、旅遊英語短句，或是商業英語單字等。然而在旅行中與當地人交談，或是正和外國人進行線上會議的過程中，當話題一深入時，是否曾經有突然不懂對方在說什麼，或是自己不知道該怎麼表達的經驗呢？例如，在國外餐廳點餐時，可能會看不懂菜單上的單字，無法想像食材或味道；或者在線上會議中雖然能解釋新產品，但一談到預算時，卻完全不了解相關的詞彙，無法表達自己的意見等等。然而，針對這種特定領域的單字書，市面上卻並不多見，因此這就可以請教 ChatGPT 來回答。

現在，假設您參觀了一間國外的美術館。您順利地用英語購買了門票並進入，但畫家的說明或是畫作的文字解說卻充滿了難懂的單字。如果您能理解這些單字，就能更容易欣賞畫作。因此，可以試著問：「請告訴我在美術館中經常使用難度較高的英文單字」。

請告訴我在美術館中經常使用難度較高的英文單字，附上單字的中文翻譯，並說明其意思。

以下是在美術館中常見且難度較高的英文單字：
1. Abstract（抽象的）：一種藝術風格，不以具體形象呈現，而是使用色彩、形狀、線條等來表達視覺效果。
2. Contemporary（當代的）：指製作於當代或近代的藝術作品。
3. Impressionism（印象派）：19 世紀中後期的藝術運動，專注於自然光和色彩的效果。

4. Surrealism（超現實主義）：20 世紀的藝術和文學運動，追求夢境和無意識的表現。
5. Renaissance（文藝復興）：一個以文化和藝術之再生為特徵，發生於歐洲的文化運動。
6. Curator（策展人）：管理美術館的收藏品並負責策劃展覽的人。
7. Installation（裝置藝術）：通常是在特定的展示空間中創作出的藝術作品。
8. Medium（媒材）：用於創作作品的材料（例如油畫、水彩畫、雕塑等）。
9. Still Life（靜物畫）：通常指描繪非生物、靜止物體（如放在花瓶中的花朵、水果等）的畫作。
10. Portraiture（肖像畫）：描繪人物的臉和表情的畫作。
11. Perspective（透視）：指透過遠近和空間感來呈現立體感和深度感的技術。
12. Restoration（修復）：將受損的藝術作品恢復到原始狀態的工作。
13. Forgery（贗作）：模仿或偽造其他藝術家作品的作品。
14. Provenance（出處）：藝術品的來源和歷史記錄。

這些單字將有助於加深在美術館欣賞藝術和進行藝術討論的理解。

這些特定領域的英文單字，在學校等單位可能不容易學到，也不太會出現在單字書中。除了在美術館，要是之後前往博物館、史料館、古蹟建築、旅遊景點等地，事先學習自己感興趣之領域的單字之後，便可以更深入理解。

這次並未指定單字的數量，但如果想了解更多，可以指定「請告訴我 50 個單字」等數量。之所以指定「難度較高的英文單字」，是因為如果不做此指定，可能會提供相對簡單的英文單字。不過如果想要將難度範圍縮小到特定程度，可以指定像是「CEFR B1 程度的英文單字」，以獲得更適合的程度。

指令寫法示範

請告訴我在美術館(1) 中經常使用難度較高的(2) 英文單字，附上單字的中文翻譯，並說明其意思。

---

(1) 請指定地點、場景、領域等。

(2) 如果不指定難度，可能會列出過於簡單的單字。

30 要求說明單字的字源

學習單字有許多方法，其中之一是透過「字源學習」的方式。理解單字的字源有助於理解該單字的本質含義。相似字源的單字通常具有相關的意義，因此一旦了解一個單字的字源，就容易記住其他相關的單字。例如「photograph（照片）」、「photogenic（上相的）」和「photosynthesis（光合作用）」等單字都源自希臘語的「phos（光）」。這是一種有效擴充詞彙的方法。

當您向 ChatGPT 要求提供單字的字源時，建議也要求它提供具相同字源的其他單字。記住相似的單字或衍生詞，可以更加有效地擴充您的單字量。

請告訴我「appropriate」此單字的字源，並告訴我此字源的其他英文單字。

「appropriate」這個單字的字源源自拉丁文的「appropriatus」，表示「適當的」、「適合的」的含義。

更具體來說，「appropriatus」由「ad-」（表示「to（朝向）」的意思）和「proprius」（表示「own（屬於自己的）」的意思）所構成。換句話說，直譯的話就是「to one's own」，最後便演變為「適合的」的意思。其他與這個字源相同的英文單字包括以下幾個：

1. Proper：直譯為「自己的」或「適當的」。類似「appropriate」，用來表示某物適合於特定情境或目的的意思。
2. Property：源自於「proprius」的詞彙，表示「所有

物」或「資產」。在這裡，主要是強調「自己的」的含義。
3. Proprietary：同樣源自於「proprius」，意味著「所有者」或「專利持有人」。當一個產品是由特定公司擁有或製造時，也會使用這個詞彙。
4. Proprietor：由「proprius」衍生而來，意指「所有者」或「經營者」。

以上這些詞彙都源自於「proprius」，具有「自己的」或「特定的」含義，但它們以同一個概念表達出各自稍微不同的意思。

透過了解「appropriate」的字源以及具有相同語源的其他單字，我們得知了相關的「proper」「property」「proprietary」「proprietor」這四個單字。即使無法逐字記住這些單字的意義，但只要了解字源之後，便能透過字源推斷出意義來。

指令寫法示範

請告訴我「appropriate」(1) 此單字的字源，並告訴我此字源的其他英文單字 (2)。

---

(1) 請指定您想要了解的單字。
(2) 只要這樣指示，就能得知其他單字了。

31 要求說明如何區分意義相似的單字

在進行英語口說或寫作練習時，您是否曾經有過這樣的經驗：「有好幾個意思相近的單字，但到底該用哪一個才是妥當的呢？」。例如，「speak」和「talk」都有「說話」的意思，但「speak」通常用在演講、簡報等比較正式的場合，而「talk」則比較隨意，用於個人對話、電話交談，或是談論特定話題。使用任何一個同義詞都可以表達相同的意思，但在選用單字來表達時，您肯定會希望自己選擇的單字對母語人士來說聽起來是自然的。

遇到這種情況，ChatGPT 可以為您解釋這些單字的差異。以下我們來要求 ChatGPT 解釋中文翻譯中帶有「察覺到，意識到」意思的三個單字，「notice」「realize」「be aware」的差異與使用方式。

notice、realize、be aware 這三個單字的差異是什麼，該如何使用？

這些英文單字 “notice”、“realize”、“be aware” 都與「注意」或「認識」有關，但它們的用法和語境稍有不同：

Notice（注意到）：用來表示第一次注意到某事，或者當某事引起你的注意時，但不一定意識到其含義。通常在事情發生後會立即使用這個動詞。

例：I noticed a strange smell in the kitchen.（我注意到廚房裡有一種奇怪的氣味。）

Realize（領悟，理解）：用來表示忽然意識到或理解某事實、真相或含義。這個動詞主要強調對事實的理解和認知。
例：I realized I had forgotten my wallet at home.（我意識到我把錢包忘在家裡。）

be aware（知道，意識到）：用來表示知曉或認識某事物，且可能也理解其意義或重要性，主要強調的是主觀的知道或了解的狀態。
例：I am aware of the risks involved.（我知道其中涉及的風險。）

透過區分這些單字，你可以更準確地傳達訊息給對方。

ChatGPT 透過例句解釋了這三個單字的區別。不過已了解差異之後，但如果您仍猶豫「在○○種情況下應該使用哪個單字？」時，可以繼續向 ChatGPT 提問。

那麼，當想要表達「我剛剛發現我一年前去過這家餐廳」時，應該使用哪一個單字？

想要用英文表達「我剛剛發現我一年前去過這家餐廳」時，最適合的單字是「realize」。這是因為在這句話中，表示你忽然意識到或理解一個事實（一年前去過這家餐廳）。
因此，句子可以這樣表達：
"I realized that I had been to this restaurant a year ago."

在與 ChatGPT 的對話中想追加提問時，ChatGPT 會參考先前的解釋來回答，這樣的回答方式讓理由更加易懂，感覺就像是正在跟老師一對一對話一樣。在現實的課堂中，即使是個別輔導，但要是問的問題都是這樣比較細的問題，老師回應時也可能會比較花時間，因此善用 ChatGPT 理解的同時也一起記單字也是一個不錯的方法。

指令寫法示範

notice、realize、be aware(1) 這三個單字的差異是什麼，該如何使用？

---

(1) 列出您想了解差異與用法的單字。

32 要求列出單字的同義詞、反義詞

提升詞彙能力的方法之一，是記單字的同時學習「同義詞」和「反義詞」，這樣便可以更有效率地學習。在學習新單字時，盡量去查該單字的同義詞和反義詞是個好習慣。這也是 ChatGPT 擅長的領域，它可以馬上為您提供。

以下我們來請 ChatGPT 提供「practical」這個單字的同義詞和反義詞。

請告訴我「practical」的同義詞和反義詞。

「Practical」的意思包括「實用的」或「現實的」，用來表示具體的事物，或現實的解決方案。其同義詞和反義詞如下：

同義詞：

1. Utilitarian（實用的）
2. Realistic（現實的）
3. Functional（實務的）
4. Fact-based（事實上的）
5. Efficient（有效率的）

反義詞：

1. Impractical（不現實的）
2. Theoretical（理論的）
3. Abstract（抽象的）
4. Inefficient（沒有效率的）
5. Useless（沒用的）

ChatGPT 分別提供了各 5 個的同義詞和反義詞。關於同義詞，例如「實用的」和「實務的」，要是您覺得兩者中文翻譯很相似，您可以進一步詢問它們的差異。

指令寫法示範

請告訴我「practical」(1) 的同義詞和反義詞。

---

(1) 請寫出您想要了解哪個單字的同義詞和反義詞。

33 生成包含指定單字的例句

如果您有一些難記的單字，或者是正在準備考試，因而必須熟記特定的單字時，要求 ChatGPT 生成包含這些單字的英文句子，將有助於熟記單字。透過英文例句來學習單字，不僅能記住單字的意思，還可以了解該單字的用法，是非常有效的。以下我們來請 ChatGPT 生成包含特定單字的英文例句吧。

請用以下每個單字各造出一個英文句子，並附上中文翻譯。

appreciate
concern
facility
instantly
refund

1. I appreciate your help.
非常感謝您的幫助。

2. His health is a major concern.
他的健康十分令人堪憂。

3. This building is a state-of-the-art facility.
這棟建築是一座先進的設施。

4. She instantly recognized him.
她立刻認出了他。

5. If you are not satisfied, we will give a full refund.
如果您不滿意，我們將全額退款。

以上指定的單字分別是「appreciate（感謝）」「concern（擔心）」「facility（設施）」「instantly（立即）」「refund（退款）」。指定了單字之後，ChatGPT 便為每個單字都生成了例句。

此外，我們在指令中指示了「各造出一個英文句子」的訊息，如果不這樣做，ChatGPT 可能會用指定單字造出包含這些單字的一句長句子。雖然那樣可能也可行，但長句子較難幫助您記單字，而且可能會難以理解。因此，我建議還是個別生成英文例句。

34 生成單字測驗

雖然我們已經介紹了用 ChatGPT 記英語單字的一些方法，但要確認自己到底學會了多少可能相當困難。許多人習慣使用自己經常讀的單字列表，將翻譯部分遮起來，然後確認是否能理解單字的意義。然而，這種方式可能無法確保是否真正記住了單字意思，而且很有可能只是按照單字的排列順序來記單字的。

這時可以使用的方法之一，是「請 ChatGPT 為您生成單字測驗」。提供指令給 ChatGPT，它可以立即生成常見的四選一填空選擇題，就像是在一般檢定測驗中看到的那樣。那麼，實際上可以生成什麼樣的題目呢？讓我們來看看。

請提供英語的四選一填空選擇題。

- 只有其中一個選項是正確的，而其他三個選項是錯誤的。
- 請用以下任一單字當作正確答案。其他三個選項中的單字，請不要用以下的單字，請隨機提供其他單字。
- 請在測驗最後提供正確答案。

Efficient
Clarify
Objective
Retain
Distinction

以下是四選一的填空選擇題：

1. In order to use resources properly, it's important to make the system more __________.
   a. Complex
   b. Fast
   c. Clumsy
   d. Efficient

2. To avoid misunderstandings, it's important to __________ all details before signing a contract.
   a. Clarify
   b. Hide
   c. Ignore
   d. Distract

3. Being __________ is essential when conducting a scientific experiment to avoid bias.
   a. Emotional
   b. Subjective
   c. Objective
   d. Prejudiced

4. The ability to __________ information for a long period of time is essential for effective studying.
   a. Erase
   b. Retain
   c. Misplace
   d. Forget

5. To influence public opinion, some media outlets may __________ information in favor of their agenda.
   a. Reject

b. Reveal

c. Disregard

d. Manipulate

以下是每題的正確答案：

1. d. Efficient
2. a. Clarify
3. c. Objective
4. b. Retain
5. d. Manipulate

中文翻譯

1. 為了妥善利用資源，讓系統更 ________ 很重要。

   a. 複雜的

   b. 快的

   c. 笨拙的

   d. 有效率的

2. 為了避免誤解發生，在簽署合約前 ________ 所有細節是很重要的。

   a. 澄清

   b. 隱藏

   c. 忽視

   d. 使分心

3. 進行科學實驗時，保持 ________ 是必要的，以避免偏見。

   a. 情感的

   b. 主觀的

   c. 客觀的

d. 有偏見的

4. 長時間 ________ 資訊的能力對於有效學習是很重要的。
   a. 擦掉
   b. 保存
   c. 放錯地方
   d. 忘記

5. 為了影響民眾的輿論，一些媒體可能會 ________ 訊息，以有利於他們的意圖。
   a. 拒絕
   b. 揭露
   c. 忽視
   d. 操縱

就像這樣，單字測驗的題目馬上依照您的指示完成。因此您可以在平日學習新單字，到了週末可以請 ChatGPT 為您生成一份根據平日所學單字的測驗題，來測試看看自己到底學會了多少。把這樣的學習方式安排成習慣的一部分，有助於增加自己的單字量。

指令寫法示範

請提供英語(1)的四選一填空選擇題(2)。

・只有其中一個選項是正確的，而其他三個選項是錯誤的(3)。

・請用以下任一單字當作正確答案(4)。其他三個選項中的單字，請不要用以下的單字，請隨機提供其他單字。

・請在測驗最後提供正確答案(5)。

（貼上您正在學習的英文單字，讓這些單字成為可能的選項答案）

---

(1) 如果不明確指定為「英語」，可能會在題目中出現中文。

(2) 明確指示「四選一的填空選擇題」，便能獲得如上形式的題目。雖然測驗的形式可以自由更改，但對於單字測驗，我認為「四選一的填空選擇題」是最合適的。

(3) 若沒有這個指示，可能會獲得一份選項中有多個正確答案的題目。

(4) 若想要針對某些單字來做練習，請加入這個指示，並將這些單字貼在指令的下方，設為正確答案。

(5) 如果沒有這個指示，正確答案有可能會直接顯示在每個題目旁。為了獲得一份測驗題目，建議將答案集中在最後來一併檢查。

使用 ChatGPT 準備英語考試

CHAPTER 07

Chapter 07

使用 ChatGPT 準備英語考試

多益（TOEIC）、全民英檢等的考試，對於確認自己的英語程度或找出弱點等非常有幫助。此外，定期參加考試也能成為英語學習的動力，有些人可能是這麼認為的。然而，獨自一人準備考試、獨自一人面對題目或教材時，時間久了多少可能會感到枯燥、缺乏動力，或者因為看不懂解說而導致學習停滯。

在這樣的情況下，ChatGPT 就會是一個可靠的幫手。ChatGPT 全天候都能提供答案。當您不懂題目的意思、不懂題目的解釋，或是遇到生字時，只需詢問 ChatGPT 它就能立即給予答案。而且，ChatGPT 也擅長出題，它能生成 TOEIC 等經常出現的題目，因此您可以製作一份以自己的弱點為主的題目。

到目前為止，準備考試的方式可能是買練習題或單字卡回來練習。但如果使用 ChatGPT，舉例來說，您可以把注意力放在自己不擅長的文法題，或者製作一份針對目前所學單字的題目，從而大幅提高準備考試的效率。現在就跟 ChatGPT 一起努力，並用自己的步調接近目標吧。您不再是獨自一人，因為 ChatGPT 隨時陪伴在您身邊，請安心準備英語考試。

本章節將介紹如何用 ChatGPT 來完成以下目標：

35　要求列出特定考試中可能出現的單字
36　生成一篇閱讀測驗長文章及對應的四選一選擇題
37　生成段落填空題
38　生成句子填空題
39　生成題目的解說
40　生成英文作文題
41　生成英文口說測驗題目

35 要求列出特定考試中可能出現的單字

雖然有諸如多益（TOEIC）和全民英檢等多種英語考試，但每種考試都有其出題傾向，且常見的單字也有所不同。例如，TOEIC 考試會涵蓋許多與日常生活及商務相關的單字。直接要求 ChatGPT 針對您即將參與的考試提供相關單字，並專心學習這些單字，將可以更有效地準備考試。

請告訴我 30 個可能會出現在全民英檢（GEPT）中高級的單字。

- 請附上單字的中文翻譯。
- 請以表格形式整理。

當然，以下是 30 個可能會出現在全民英檢（GEPT）中高級的單字及其中文翻譯：

英文單字	中文翻譯
Abundant	豐富的
Accommodate	容納
Ambiguous	模糊的
Anticipate	預期
Articulate	表達清楚的
Assumption	假設
Benevolent	仁慈的
Compulsory	強制性的
Conspicuous	顯眼的
Contemplate	沉思
Controversial	有爭議的

英文單字	中文翻譯
Deprive	剝奪
Deteriorate	惡化
Discrepancy	差異
Eccentric	古怪的
Eliminate	消除
Exaggerate	誇張
Implement	實施
Indispensable	不可或缺的
Inherent	固有的
Integrity	誠實正直
Intricate	複雜的
Legitimate	合法的
Malfunction	故障
Marginal	邊緣的
Pessimistic	悲觀的
Pragmatic	務實的
Proficiency	熟練
Redundant	多餘的
Simultaneous	同時的

只需指定「可能會出現在全民英檢（GEPT）中高級的單字」，就能即時為您建立單字清單，以上此清單確實包含了一些難度較高的中高級程度單字。每天這樣產生單字列表，並學習其中不熟悉的單字，肯定有助於提升單字量，以有效準備考試。

指令寫法示範

請告訴我 30 個(1) 可能會出現在全民英檢（GEPT）中高級的單字。

・請附上單字的中文翻譯(2)。

・請以表格形式整理(3)。

---

(1) 可以指定超過 30 個單字。甚至也可指定 100 個，之前有成功生成此數量的實例。

(2) 同時附上中文翻譯會很有幫助。

(3) 以表格形式呈現的話，複製到 Excel 或 Google 試算表中會非常方便。

36 生成一篇閱讀測驗長文章及對應的四選一選擇題

在多益（TOEIC）和英檢的閱讀測驗部分，將會需要面對數百字的長文章，並需回答對應的題目。由於每個考試都有各自不同的出題傾向，包括文章種類和題目類型，因此為了更有效地準備，建議根據這些傾向來閱讀對應的文章與解題。雖然市面上可以買到題庫，但如果使用 ChatGPT，您可以無限次數生成新題目，提供更多練習的機會。

請提供可能出現在 TOEIC Part 7 閱讀測驗中大約 300 字的英文文章。

- 請提供三題與文章相關的四選一選擇題。
- 選擇題的其中一個選項是正確答案，其他三個選項是錯誤選項。
- 請在最後提供正確答案。

英文文章：

Marston Electronics, a leading company in the consumer electronics sector, announced the launch of its latest product, 'SmartDuo', an innovative device that combines the features of a smartphone and a tablet. The gadget, designed to target both the youth and corporate markets, comes with a unique foldable screen that can function as two separate screens when opened up.

'We want our users to have the best of both worlds,' stated Carol Hughes, Marston's CEO. 'SmartDuo will revolutionize the way people consume digital content, by providing a multifunctional device that caters to various needs.' The company has partnered with top software and content providers to ensure the best user experience.

The launch will be held on July 20th at Marston's flagship store in downtown New York. Early-bird customers will be entitled to a 20% discount. There will also be a live demo of SmartDuo's features, giving customers a chance to interact with the device.

While Marston has received criticism in the past for the high price points of its products, the company seems to be undeterred. 'We believe in quality over quantity. Our products are built to last and offer superior performance,' said Hughes. The pricing for SmartDuo has yet to be revealed, but industry experts anticipate a competitive price that matches its advanced features.

題目 1:
What is the new product Marston Electronics is launching?
A. A new software
B. A tablet
C. A new downtown store
D. A device that combines a smartphone and a tablet

題目 2:
What special offer is Marston providing for early-bird customers?
A. A free device
B. A 20% discount
C. A chance to meet the CEO

D. A partnership opportunity

題目 3:
How does Marston respond to the criticism about its high prices?
A. They are reducing their prices
B. They emphasize the quality and performance of their products
C. They are offering discounts to all customers
D. They are discontinuing their expensive products

正確答案：
題目 1: D
題目 2: B
題目 3: B

中文翻譯

一間在電子產品領域中處於領先地位的公司，馬斯頓電子（Marston Electronics），近日宣布推出最新產品 SmartDuo，這是一款結合智慧型手機和平板電腦功能的創新裝置。該裝置的目標客群鎖定在年輕人和企業市場，配有獨特的可摺疊螢幕，展開後可用作兩個獨立的螢幕使用。

馬斯頓電子的執行長卡羅爾・休斯表示：「我們希望用戶擁有兩全其美的體驗。透過提供一個能夠滿足各種需求的多功能裝置，SmartDuo 將徹底改變人們使用數位內容的方式。」公司已與頂尖軟體和內容供應商合作，以確保最佳的用戶體驗。

新品發布會將於 7 月 20 日在紐約市中心的馬斯頓旗艦店舉行。提前到場的顧客可享有 20%的折扣優惠。現場還會有 SmartDuo 功能的操作示範，讓顧客有機會與該裝置互動。

儘管馬斯頓過去因產品價格過高而受到批評，但公司似乎沒因此失去鬥志。休斯表示：「我們相信質量勝於數量。我們的產品經久耐用，並提供優質性能。」SmartDuo 的定價尚未公佈，但業界專家預估，其價格會是個與其先進功能相匹配、具競爭力的價格。

題目 1：

馬斯頓電子將推出的新產品是什麼？

A. 新軟體

B. 平板電腦

C. 市中心的新門市

D. 結合智慧型手機和平板電腦的裝置

題目 2：

馬斯頓為提前到場的顧客提供什麼特別優惠？

A. 免費裝置

B. 20%的折扣

C. 與執行長見面的機會

D. 合作機會

題目 3：

馬斯頓如何回應關於產品價格高的批評？

A. 他們正在降低價格

B. 他們強調產品的品質和性能

C. 他們為所有顧客提供折扣

D. 他們正停止生產昂貴的產品

就像上面那樣，只需指定「可能出現在 TOEIC Part 7 閱讀測驗中的英文文章」，它就能為您生成這樣的閱讀測驗題目。文本中包含商業英語的單字和表達，確實是符合多益 Part 7 的範例。如果您想練習特定主題的文章，您也可以指定如「請提供一篇有關美術館展覽企劃的文章」或是「請提供一篇關於新購物中心開發案的文章」這樣具體的主題。

指令寫法示範

請提供可能出現在 TOEIC Part 7 閱讀測驗 (1) 中大約 300 字 (2) 的英文文章。

- 請提供三題與文章相關的四選一選擇題 (3)。
- 選擇題的其中一個選項是正確答案，其他三個選項是錯誤選項 (4)。
- 請在最後提供正確答案 (5)。

---

(1) 若換成是英檢的情況，可以改成「可能出現在全民英檢（GEPT）中高級的閱讀理解題」等方式來指定。

(2) 雖然並不會嚴格要求字數，但建議指定與實際考試差不多的字數。如果您設定的字數較多，它就會生成相對長的文章。如果生成的文章太短，您可以再要求「內容請再多一點」或「字數請再多一點」。

(3) 除了四選一選擇題，您還可以請它提供克漏字填空題。

(4) 若沒有這個指示，可能會獲得一份選項中有多個正確答案的題目。

(5) 為了獲得一份測驗題，建議將答案集中在最後來一併對答案。

37 生成段落填空題

在英檢的段落填空部分和多益（TOEIC）的 Part 6 中，會出現需要做克漏字填空的數百字文章。由於每個考試都有其出題傾向，因此建議練習出題傾向相似的文章，這樣會比較有效。以下讓 ChatGPT 來協助您吧。

請提供可能出現在全民英檢（GEPT）中高級段落填空題中大約 180 字的英文文章。

- 請在文章中空 5 個空格，並標上題號。
- 請提供 5 題與文章中 5 個空格相關的四選一選擇題。
- 選擇題的其中一個選項是可填入文章空格中的正確答案，其他三個選項是錯誤選項。
- 請在最後提供正確答案（Answer key）。

The world is becoming increasingly interconnected, thanks to advances in technology and transportation. People (1) travel across the globe in a matter of hours, and information can be shared instantaneously with just a few clicks. However, this interconnectedness also (2) challenges. As cultures collide and boundaries blur, issues of diversity and inclusion become more important than ever. It is essential to recognize and celebrate the differences that make each culture unique, while also (3) understanding and acceptance. Additionally, the globalized world has brought about changes in the way we work. Many companies now operate on an international scale, and employees often collaborate with colleagues from different countries and backgrounds. This requires not only (4) communication skills but also cultural sensitivity and adaptability. (5) the challenges, the interconnectedness of the world presents countless opportunities for growth, collaboration, and innovation.

(1)

A. used to

B. are able to

C. are limited to

D. are used to

(2)

A. develops

B. evolves

C. presents

D. encounters

(3)

A. dividing

B. fostering

C. segregating

D. isolating

(4)

A. efficient

B. effective

C. adequate

D. fluent

(5)

A. With

B. Because of

C. Despite

D. In case of

正確答案：

(1) B. are able to

(2) C. presents

(3) B. fostering

(4) B. effective

(5) C. Despite

中文翻譯

世界因為科技和運輸系統的進步，而變得日益緊密相連。人們 ＿(1)＿ 在幾小時內越過全球，資訊只需點擊幾下便可即時分享。然而，這種互聯性也 ＿(2)＿ 挑戰。隨著文化間的碰撞以及界限的模糊，多樣化和包容性的議題變得比以往更加重要。我們有必要認識和標榜那些讓每個文化具獨特性的差異，同時也要 ＿(3)＿ 理解和接納。此外，全球化的世界也改變了我們的工作方式。許多公司現在以國際化的規模在營運中，員工經常與來自不同國家和背景的同事一起工作。這不僅需要 ＿(4)＿ 溝通技巧，還需要文化敏感性和適應能力。＿(5)＿ 存在著挑戰性，但世界的互聯性為成長、合作和創新提供了無數機會。

(1)

A. 過去習慣於
B. 能夠
C. 受限於
D. 習慣於

(2)

A. 發展
B. 演化
C. 呈現
D. 遭遇

(3)

A. 分裂
B. 培養
C. 隔離
D. 孤立

(4)

A. 有效率的
B. 有效的
C. 適當的
D. 流利的

(5)

A. 和…一起 B. 因為…

C. 雖然… D. 在…情況下

就像這樣，ChatGPT 可生成一篇克漏字文章和幾道題目，確實像是一篇可能出現在英檢的題組。如果只是想練習閱讀文章，您可以使用市面上的書籍或網路文章來進行大量閱讀，但若想要自行製作段落填空題是相當困難的。因此，請務必借助 ChatGPT 的強大功能，進行各種段落填空題型的練習吧。

指令寫法示範

請提供可能出現在全民英檢（GEPT）中高級段落填空題(1) 中大約 180 字(2) 的英文文章。

・請在文章中空 5 個空格，並標上題號(3)。

・請提供 5 題與文章中 5 個空格相關的四選一選擇題。

・選擇題的其中一個選項是可填入文章空格中的正確答案，其他三個選項是錯誤選項(4)。

・請在最後提供正確答案（Answer key）(5)。

---

(1) 請指定您想練習的檢定測驗與級別。

(2) 雖然並不會嚴格要求字數，但建議指定與實際考試差不多的字數。如果您設定的字數較多，它就會生成相對長的文章。如果生成的文章太短，您可以再要求「內容請再多一點」或「字數請再多一點」。

(3) 這個指令可供您參考，您可依您想練習的題數來修改。

(4) 若沒有這個指示，可能會獲得一份選項中有多個正確答案的題目。

(5) 為了獲得一份測驗題，建議將答案集中在最後來一併檢查。

38 生成句子填空題

多益（TOEIC）和英檢的閱讀測驗中，通常會有測驗詞彙和文法相關的四選一句子填空題。由於閱讀測驗的題目多，每題都需要迅速解答，因此在準備考試時，不僅要記單字和掌握文法知識，還要實際練習四選一句子填空題的快速解題。以下我們就請 ChatGPT 為您生成四選一句子填空題吧。

請按照以下格式和難易度，提供 TOEIC Part 5 的 10 道題目。

- 選擇題的其中一個選項是正確答案，其他三個選項是錯誤選項。
- 請在最後提供正確答案（Answer key）。
- 以下是參考範例，不要重複出現在題目中。

Customer reviews indicate that many modern mobile devices are often unnecessarily ________.
(A) complication
(B) complicates
(C) complicate
(D) complicated

Jamal Nawzad has received top performance reviews ________ he joined the sales department two years ago.
(A) despite
(B) except
(C) since
(D) during

1. The new software update has made the system more __________ and efficient.

(A) productivity　　(B) productively

(C) productive　　(D) product

2. The company has been __________ in its efforts to reduce waste and increase recycling.

(A) success　　(B) successful

(C) successfully　　(D) succeed

3. The manager was __________ with the team's performance and decided to give everyone a bonus.

(A) impress　　(B) impressive

(C) impressed　　(D) impressively

4. The __________ of the new product line will take place next month.

(A) launch　　(B) launched

(C) launching　　(D) launcher

5. The company's __________ in the market has been steadily increasing over the past few years.

(A) presence　　(B) present

(C) presents　　(D) presented

6. The CEO has been with the company __________ it was a small start-up.

(A) since　　(B) during

(C) for　　(D) until

7. The team worked __________ to meet the project deadline.

(A) hard　(B) harder

(C) hardly　(D) hardest

8. The company is known for its __________ to quality and customer satisfaction.

(A) commit　(B) committed

(C) commitment　(D) committer

9. The project was __________ due to lack of funding.

(A) cancel　(B) cancelled

(C) cancelling　(D) cancellation

10. The company's profits have been __________ despite the economic downturn.

(A) increase　(B) increased

(C) increasing　(D) increasement

正確答案：

1. (C) productive
2. (B) successful
3. (C) impressed
4. (A) launch
5. (A) presence
6. (A) since
7. (A) hard
8. (C) commitment
9. (B) cancelled
10. (C) increasing

中文翻譯

1. 新軟體的更新讓系統更 __________ 且有效率。

(A) 生產力 (B) 多產地

(C) 多產的 (D) 產品

2. 公司在減少浪費和增加回收這方面的成效一直是 __________

(A) 成功 (n.) (B) 成功的

(C) 成功地 (D) 成功 (v.)

3. 經理對團隊的表現感到 __________，決定給每個人獎金。

(A) 使…產生印象 (B) 印象深刻的

(C)（感到）印象深刻的 (D) 印象深刻地

4. 新系列產品的 __________ 將於下個月舉行。

(A) 發布會 (B) 已上市的

(C) 上市 (D) 發射器

5. 公司在市場上的 __________ 已在過去幾年穩定增加。

(A) 曝光度 (B) 在場的

(C) 禮物 (D) 提出了

6. 執行長 __________ 公司剛成立時就在這間公司了。

(A) 自從… (B) 在…期間

(C) 為了… (D) 直到…

7. 團隊 ________ 工作，為了在截止日期前完成專案工作。
   (A) 努力地　　(B) 更努力地
   (C) 幾乎不　　(D) 最努力地

8. 公司以其對品質和客戶滿意度的 ________ 而聞名。
   (A) 保證 (v.)　　(B) 承諾的
   (C) 保證 (n.)　　(D) 承諾者

9. 由於缺乏資金，該案子被 ________ 了。
   (A) 取消 (v.)　　(B)（被）取消
   (C) 取消　　(D) 取消 (n.)

10. 儘管經濟衰退，公司的利潤仍在 ________
   (A) 增加 (v.)　　(B)（被）增加
   (C) 增加　　(D) 無此單字

就像這樣，ChatGPT 可以為您生成 TOEIC Part 5 中可能會出現的題目。如果在練習答題時，出現答錯的情況，可以針對此題型要求 ChatGPT 生成類似的題目，以幫助您克服弱點。

指令寫法示範

請按照以下格式和難易度，提供 TOEIC Part 5(1) 的 10 道題目 (2)。
- 選擇題的其中一個選項是正確答案，其他三個選項是錯誤選項 (3)。
- 請在最後提供正確答案（Answer key）(4)。
- 以下是參考範例，不要重複出現在題目中。

（貼上 TOEIC Part 5 的參考題目）

(1) 請指定您想要練習的檢定測驗、哪一個 Part 或是級別等內容。

(2) 可以指定超過 10 道題目。甚至也可指定 100 個，之前有成功生成此數量的實例。

(3) 若沒有這個指示，可能會獲得一份選項中有多個正確答案的題目。

(4) 為了獲得一份測驗題目，建議將答案集中在最後來一併對答案。

*TOEIC 的題目範本可以在 TOEIC 的官方網站上查閱。

39 生成題目的解說

即使 ChatGPT 會提供題目和答案，但您在答題完之後，可能會不清楚為什麼是那個答案。在這種情況下，請 ChatGPT 提供詳細的解釋吧。另外，若您在寫教材題庫的題目，發現書中的解釋不清楚時，也可以把書中的題目和答案拿去問 ChatGPT，請 ChatGPT 解釋。以下我們就「37. 生成段落填空題」章節中的第 (2) 題，詢問 (2) 為什麼答案是 C。

請詳細解釋為什麼空格(2)的答案是「C. presents」。並詳細說明為何其他選項是錯的。

在這個句子中，空格(2)的答案是「C. presents」。原文的意思是，雖然世界變得日益緊密相連，但這種互聯性也帶來了挑戰。這裡的「presents」指的是「呈現」或「產生」（呈現挑戰），表示這種互聯性也同時引發挑戰。

其他選項的解釋如下：

A. develops:「develops」指的是「發展」，但在這個句子中，我們已經在談論現有的情況，而不是新的發展。

B. evolves:「evolves」指的是「演變」或「進化」，但這個單字在上下文中不太合適，因為此單字強調了一個漸進的過程，而不是描述目前正在發生的事情。

D. encounters:「encounters」指的是「遇到」或「遭遇到」，但它暗示了一種突然的、無法預料的情況，而這個句子描述的是一種持續發生的情況，因此不太適合。

因此，「presents」是最符合這個句子語境的答案。

如上，ChatGPT 會提供詳細的解釋。不過如果仍有不理解的地方，您還可以進一步向 ChatGPT 提問，例如「為什麼這單字不太適合？」等。利用 ChatGPT 對話式的好處，可以一直詢問到您滿意為止。

指令寫法示範

請詳細解釋為什麼空格(2)的答案是「C. presents」(1)，並詳細說明為何其他選項是錯的(2)。

---

(1) 回到「37. 生成段落填空題」章節中 ChatGPT 生成的題目。在答完題、對完答案之後，若有問題僅需在 ChatGPT 生成的題目下方，進一步在對話框中提問即可。若您在寫教材題庫的題目，發現書中的解釋不清楚時，也可以把書中的題目和答案拿去問 ChatGPT，請它解釋。

(2) 雖然這指令不是必要的，但在選擇題的情況下，要是可以一同了解其他選項錯誤的理由，可以更清楚問題所在，也能學習到其他單字的意思。

40 生成英文作文題

在為英檢、TOEIC Writing、TOEFL、IELTS 等寫作測驗做準備時，有必要依各測驗的出題屬性與傾向來做練習。練習寫作時，要是都是自定題目的話，往往會傾向於選擇較容易寫的主題，因此不妨請 ChatGPT 隨機提供作文題目。開始練習寫作時，建議可以像實際考試一樣，在 ChatGPT 生成寫作題目之後馬上計時，並開始進行寫作，這樣是一個不錯的方法。

請依照以下格式，提供 5 個可能出現在全民英檢（GEPT）中高級的寫作題目。題目請以「Agree or disagree:」開始。

Agree or disagree: The advent of the internet has had a largely positive impact on global society.

1. Agree or disagree: The advancement of AI technology poses more threats than opportunities to human society.

2. Agree or disagree: The current education system places too much emphasis on standardized testing at the expense of critical and creative thinking.

3. Agree or disagree: Climate change represents the most significant global issue of the 21st century.

4. Agree or disagree: The increasing prevalence of remote work has improved overall work-life balance for employees.

5. Agree or disagree: The benefits of space exploration outweigh its high costs and risks.

中文翻譯

1.同意或不同意：人工智慧技術的進展，對人類社會構成的威脅多於機會。

2.同意或不同意：當前教育系統過於強調標準化測驗，犧牲了批判性和創意思考。

3.同意或不同意：氣候變遷是 21 世紀最重要的全球性議題。

4.同意或不同意：遠距工作日益普及，提升了上班族在工作與生活之間的整體平衡。

5.同意或不同意：太空探索所帶來的好處，勝過於其高昂的成本和風險。

就像這樣，ChatGPT 可為我們提供如科技、教育、地球暖化、商業、宇宙等主題的寫作題目。盡可能用廣泛的主題來進行寫作練習是相當有效的，因為這有助於在實際測驗中，更靈活地應對各種題材。當您完成寫作後，不妨請 ChatGPT 潤飾修改或提供範例，以磨練自己的寫作能力。

指令寫法示範

請依照以下格式，提供 5 個(1) 可能出現在全民英檢（GEPT）中高級(2) 的寫作題目。題目請以「Agree or disagree:」(3) 開始。

（貼上參考的題目範例）

---

(1) 題數不一定是 5 個，您可以一次一次指定，也可以一次生成多道題目，例如 30 個。

(2) 請指定自己要參加的檢定測驗。

(3) 具體指定題目格式，ChatGPT 便能按照您特定的指示生成題目。

＊題目範例，可參考全民英檢（GEPT）官網上的預試考題。

41 生成英文口說測驗題目

TOEIC Speaking、TOEFL、IELTS 都有口說測驗。在 IELTS 測驗中，甚至還有與面試官進行口試的部分。口說能力同樣需要依各測驗出題傾向來做充分的練習。在實際考試中可能會因為緊張，而讓表達不如平時流暢。因此，建議在口說練習中盡可能用各類廣泛的主題來練習，以便流暢地表達。與寫作一樣，建議在 ChatGPT 生成題目之後馬上計時，並開始進行口說練習，以確保能夠在時間內充分地表達。

請參考以下格式與難易度，提供 TOEIC Speaking 測驗中「陳述意見（Express an opinion）」裡可能會出現的題目。並請提供解答範例。以下是題目範例，不要重複出現在題目中。

Some people prefer to take a job that does not pay well but does provide a lot of time off from work. What is your opinion about taking a job with a low salary that has a lot of vacation time? Give reasons for your opinion.

題目：
Some people believe that working from home is more productive than working in an office, while others disagree. What is your opinion about working from home versus working in an office? Give reasons for your opinion.

解答範例：

In my opinion, the productivity of working from home versus working in an office really depends on the person and the nature of the job. For some people, working from home can be more productive because it eliminates commuting time and allows them to work in a comfortable environment. It also provides flexibility to manage their work and personal life. On the other hand, for others, working in an office could be more beneficial as it allows for immediate face-to-face collaboration with colleagues, which is particularly important for team projects. An office environment also provides a clear separation between work and personal life, which some people may need to focus better. Therefore, I believe the choice between working from home or at the office should be based on individual preferences and job requirements.

中文翻譯

題目：

有些人認為在家工作比在辦公室工作更有生產力，而其他人則不同意。你對於在家工作和在辦公室工作，有什麼看法？請說明你的理由。

解答範例：

我認為在家工作或者是在辦公室工作，兩者的生產力實際上要取決於個人和工作性質。對一些人來說，在家工作可能更有生產力，因為它排除了通勤時間，而且可以在舒適的環境中工作。它還提供了兼顧工作和個人生活的靈活度。另一方面，對其他人來說，在辦公室工作可能更有利，因為可以即時與同事面對面進行團隊合作，對於團隊合作的專案這尤其重要。辦公室環境還提供了工作和個人生活之間的明確分界線，這對於一些人來說是更能專注於工作的必要條件。因此，我認為在家工作還是在辦公室工作，應該要基於個人偏好和工作需求來決定。

就像這樣，ChatGPT 不僅為我們提供了相仿的題目，還同時附上了解答範例。在同時提供解答範例的情況下，建議先只看題目、進行口說練習，最後再參考解答範例，這樣對練習效果會更好。參考解答範例時，可以自行朗讀解答範例，或者使用語音合成 AI 來朗讀，並跟著一起唸，也是很好的訓練方法。

指令寫法示範

請參考以下格式與難易度，提供 TOEIC Speaking 測驗中「陳述意見（Express an opinion）」(1) 裡可能會出現的題目。並請提供解答範例 (2)。以下是題目範例，不要重複出現在題目中。

（貼上可參考的題目範例）

---

(1) 請指定自己要參加的檢定測驗以及哪一部分。

(2) 解答範例不是必要的，但可以請 ChatGPT 提供做為參考。

Column 3：ChatGPT 也非常適用於英檢、TOEFL 改制後的題型。

全民英檢（GEPT）在 2021 年在初級針對閱讀部分、在中級、中高級針對聽力和閱讀部分都有一些調整。像是在「段落填空」題組中增加選項為句子或子句類型、在「閱讀理解」題組中增加多篇文本或圖表類型等。為了應對這樣的新題型，您可以讓 ChatGPT 生成這些題型的英文題目，也是一種有效的考試準備方法。

此外，TOEFL 在 2023 年也針對寫作題型做了更新，如下所述。

- Independent task（獨立寫作）變更為 Writing for an Academic Discussion task（學術討論寫作），時間從 30 分鐘縮短為 10 分鐘。
- 在 Academic Discussion task（學術討論寫作）中，在看完 Instruction（指引）、Question（教授的提問）以及 Discussion（學生的討論）之後，參考學生們討論的意見，並進行您的寫作。

面對改制後的寫作題型，考生需要在看完 Instruction、Question 以及 Discussion 之後進行回答，因此就需要為此題型做好準備。借助 ChatGPT，您可以指定「請使用以下格式」生成題目，這樣就可以獲得仿照 Academic Discussion task（學術討論寫作）中包含 Instruction、Question 以及 Discussion 這些部分的寫作題型，讓您可以放心進行練習。

『使用 ChatGPT 學英文文法』

CHAPTER 08

Chapter 08

使用 ChatGPT 學英文文法

文法是英語的基本規則，是英語學習的基石。在沒有鞏固基礎的情況下說英語或寫英語，學習之路可能會十分漫長。然而，也不需要老是想著「所有文法都完全懂了才開始使用英語」。**比較建議的做法是，先掌握在學校階段（如國中）學到的基本英語文法，接著在使用英語的時，若遇到不懂的地方就及時確認，這樣的學習方式會更加有效。**

掌握基本文法之所以重要，是因為當遇到不太理解英文的意思時，自己可以判斷該怎樣找答案。例如，當您遇到「聽不太懂這英文的意思」或「讀不懂這句英文的意思」時，您可以馬上判斷不理解的原因是否在文法上，以及該文法屬於哪一類文法範疇，這是非常重要的。如果不能進行這種判斷，就會不知道應該怎樣處理，進而導致英語學習難有進展。

ChatGPT 對於學習文法這件事也非常方便。它可以將長的或結構複雜的英文進行詞性拆解，且如果遇到不了解的文法，也可以請它解釋。例如「請解說英文被動態的概念」，它同時還能為您生成使用該文法的例句。透過與 ChatGPT 的對話，您可以一直提問，直到自己滿意為止。此外，為了測試自己是否真正理解文法，您還可以要求 ChatGPT 為您生成一份測驗題。

迄今為止，在文法學習方面通常是需要翻閱厚厚的文法書，並閱讀其解說。但如果還是不太懂其解說，還需要努力尋找更簡單易懂的網站或影片等等，這可說是相當耗費時間與精力的過程。然而，現在有了 ChatGPT，文法解說、例句、測驗題等所有元素都可以在 ChatGPT 中完成，這真的是一個開創性的進展。透過使用 ChatGPT，我們可以輕鬆地學習那些看起來讓人望而卻步的英文文法，並可以一直提問，問到我們完全滿意為止。

本章節將介紹如何用 ChatGPT 來完成以下目標：

42　要求解說複雜句子的結構與文法
43　要求解說特定文法
44　生成文法例句
45　詢問是否正確使用文法
46　生成與文法相關的選擇題
47　生成與文法相關的句子填空題
48　生成文法錯誤訂正的題目
49　生成句子重組的題目

42 要求解說複雜句子的結構與文法

一般而言，縱使對基本的英文文法有一定程度的理解，但面對結構複雜的英文時，仍可能感到困難。如果所有單字和表達都很簡單，有時還可以透過直覺理解。但如果出現不少生字時，整個難度可能會迅速提高。在有老師的情況下，您還可以詢問主詞在哪，哪個是動詞等問題，但一個人閱讀時，往往難以得知正確答案，因而感到困惑。不妨直接問 ChatGPT，提出像是「請解釋這句英文的文法」的請求，它將為您解釋任何英文的文法。讓我們來試試看吧。

請解釋以下英文的文法。

Despite the fact that Emily, who had been studying diligently in her quaint, secluded library, richly adorned with ancient, leather-bound books, rarely took a break, she nonetheless felt the compelling urge to venture outside, yearning for the warmth of the golden, summer sun that enveloped the tranquil countryside.

1. Despite the fact that：這個片語的意思是「儘管」，是一個介系詞片語，表示「儘管有某個事實存在」。同時也說明了這個片語引導的子句，與隨後主要子句陳述的事實相反。

2. Emily, who had been studying diligently in her quaint, secluded library：這裡使用了關係代名詞 “who”。“who” 引導與 Emily 相關的子句，用來說明

Emily。“had been studying” 是過去完成進行式，表示在過去的一段時間內進行的動作。

3. richly adorned with ancient, leather-bound books：“adorned” 是過去分詞形式，意思是「用～裝飾」。句中的 “with” 後面的 “ancient, leather-bound books” 具體說明了是用什麼裝飾。“richly” 是副詞，強調裝飾的程度。

4. rarely took a break：“rarely” 是表示頻率的副詞，意思是「很少地」。突顯了 Emily 勤奮的程度。

5. she nonetheless felt the compelling urge to venture outside：“nonetheless” 是連接詞，意思是「儘管如此」。“felt the compelling urge” 表示感受到強烈的冒險衝動，“to venture outside” 提示了這股衝動的目標。
yearning for the warmth of the golden, summer sun：“yearning for” 意思是「渴望著～」。“the warmth of the golden, summer sun” 描述這股渴望的目標。

6. that enveloped the tranquil countryside：“that” 是關係代名詞，引導修飾先行詞 “the golden, summer sun” 的子句。“enveloped” 是動詞過去式，意思是「包覆著～」，表示太陽的運作方式。這句話包含許多複雜的文法要素，理解這些文法要素的使用方式和在句中的位置，可以加深對英語文法的理解。

中文翻譯

儘管艾蜜莉很少休息，一直在她那間充滿古老皮革裝訂書籍之古色古香且隱秘的圖書室裡用功讀書，但她仍有一股強烈的衝動想走到外面去，渴望沐浴在被金色夏日陽光包裹著的寧靜鄉村中。

這與學校課堂上經常使用的 S（主詞）、V（動詞）、O（受詞）、C（補語）有些不同，透過由上而下的逐行拆解的解說方式，我們可以理解英文的結構。例如，第一個解說指出「Despite the fact that 是介系詞片語」，不僅提到詞性，還補充說明「這個子句與隨後主要子句陳述的事實相反」，提供了閱讀英文時的技巧，使解說更加清晰易懂。如果讀者在閱讀解說時有不明白的地方，也可以詢問類似以下的問題。

"yearning... golden" 這句為什麼要用逗號跟前面的句子隔開呢？

在句子中，"yearning for the warmth of the golden, summer sun"用逗號隔開，是因為它作為一個現在分詞修飾主詞，並補充說明前面主要子句的狀態或動作（felt the compelling urge to venture outside）。整句話顯示艾蜜莉有強烈想要出去的衝動。「yearning for the warmth of the golden, summer sun」解釋了這種渴望的具體目標。

透過用逗號隔開，「yearning for the warmth of the golden, summer sun」以附加訊息補充說明了艾蜜莉的內心狀態。

「yearning for ~」這段內容是為了補充說明前面內容，因而使用逗號。這種逗號的使用方式雖然可能有些難度，但 ChatGPT 的便利之處在於，您可以不斷提問，直到您完全理解為止。

順帶一提，在學校的課堂上，當閱讀這種複雜的英文時，通常會使用斜線等方式進行隔開，同時進行詞性分析來解讀句子結構。詞性分析是確認每個單字的詞性（名詞、動詞、形容詞等）的過程。如果您想要分析句子結構與詞性，只需告訴 ChatGPT「請分析這句子的結構與單字的詞性」，它將一一提供每個單字的詞性。

43 要求解說特定文法

使用 ChatGPT，不僅可以像剛才那樣針對特定句子做句子結構的解說，還可以請求它解釋英文文法本身，例如「請告訴我被動態是什麼」等。特別是國中程度的基礎文法，如果仍有不明白的地方，在學習英語的過程中可能會常常覺得有挫折感。因此，建議向 ChatGPT 詢問，來搞懂這些基礎文法項目，這有助於順利進行接下來的學習。應該要了解的基礎文法項目包括詞性、句型、人稱代名詞、動詞變化、時態、疑問句、命令句、助動詞、被動態、there is 構句、比較級、不定詞、動名詞、分詞、現在完成式、關係代名詞、連接詞、介系詞等等。

現在，讓我們請 ChatGPT 告訴我們一些較難懂的「假設語氣」。由於假設語氣在文法上相當複雜，要能夠流暢地運用這文法可能相當困難。以下就讓我們立即來看看吧。

請說明英文的假設語氣是什麼。

假設語氣是英語文法的一部分，主要用於表達特定的假設、可能性、未來事件、願望、建議、要求等等。假設語氣主要以以下三種形式出現：

過去式假設語氣（The Past Subjunctive）：主要在 if 子句中使用，用於表示在現實中不存在的假設情境。例如，「如果我是你的話（實際上我不是你），我會這樣做。」這樣的句子。

現在式假設語氣（The Present Subjunctive）：主要用於表示命令、提議、要求、建議等情境。例如，「我建議他這麼做。」這樣的句子。

未來式假設語氣（The Future Subjunctive）：主要在英語的某些方言中使用，用於表達未來的假設情境。然而，在現代英語中並不常見。

這些形式通常是透過句子的主詞和動詞之間的關係形成的，一般來說，動詞的形式會產生變化。此外，這些假設語氣對於豐富英語表達的細微差異至關重要。

它告訴我們假設語氣有「過去式假設語氣」「現在式假設語氣」「未來式假設語氣」這三種。不過，僅僅知道這點還不能實際了解如何造句。因此，以下我們要來更詳細地了解像是「如果○○的話，就△△」這個意思的「過去式假設語氣」結構。

請詳細說明過去式假設語氣（The Past Subjunctive）是什麼。

「過去式假設語氣」（The Past Subjunctive）用於表達與事實相反的假設，它可以用來描述與現在現實、過去現實，甚至是未來現實相反的假設。

以下是具體的形式和例句：
形式：“If + 主詞 + 過去式, 主詞+ would/could/might”
所有人稱（I、you、he、she、it、we、they）搭

配 be 動詞「were」使用。例如，「If I were rich, I would travel the world.（如果我有錢的話，我會環遊世界。）」這個句子表達了「主詞我有錢」這個與事實相反的假設。

或者是「If she were here, she could explain this better.（如果她在這裡，她能把這個解釋地更好。）」這個句子描述了「主詞她在這裡」這個與事實相反的假設，並提到可能的結果（她能把這個解釋地更好）。

假設語氣對於豐富英語表達的細微差異至關重要，特別是在描述與事實相反的假設情境時很實用。

剛才 ChatGPT 已針對「過去式假設語氣」提供了更深入的文法解釋。我們了解到以「If ~」開頭的子句，不論主詞是什麼，都使用「were」；而在 if 子句後的主句中，助動詞使用「would / could / might」。

由於 ChatGPT 並非文法書，所以回答可能並非總是令人滿意，有時解釋也可能不夠充分。如果您感覺回答不夠滿意或解釋不夠清楚，請放心提問。打破砂鍋問到底，通常能夠得到您想要的答案。

指令寫法示範

請說明英文的假設語氣(1)是什麼。

(1) 指定您不太清楚的文法。

44 生成文法例句

即使 ChatGPT 解釋了您提問的文法，而且您也懂了，但能夠馬上活用這文法，又是另外一回事了。要熟練某個文法，需要實際去閱讀、寫作、開口說，以便習慣該文法的使用方式。對於難度較高的文法，例如「與現在事實相反之假設語氣，建議一開始請 ChatGPT 為您生成多個例句。透過觀察這些例句，如「這裡是與事實相反的 if 子句，動詞用 were」還是「在與事實相反的假設語氣的句子中，主要子句使用了 could」，來逐一確認這些文法的使用規則。此外，反覆朗讀這些例句，可以讓您更輕鬆地說出「If I were ~」這樣的句型。在理想情況下，除了閱讀文法、理解文法之外，還應該要實際應用到熟練程度，使其成為自己的語言。

以下我們請 ChatGPT 生成一些使用「與現在事實相反之假設語氣」的例句吧。

請提供與現在事實相反之假設語氣的 5 個例句。

當然可以。以下是使用「與現在事實相反之假設語氣」的五個例句：

If I were taller, I could reach the top shelf.
（如果我身高更高的話，就能夠碰到最頂層的架子。）

She would travel the world if she were not afraid of flying.
（如果她不怕搭飛機，她就會環遊世界。）

If he were more careful, he wouldn't have lost his keys.
（如果他更小心一點，他就不會把鑰匙弄丟。）

They might be happier if they were living in a warmer climate.
（如果他們住在更溫暖的氣候之下，他們可能會更快樂。）

If we were in your position, we would make the same decision.
（如果我們處於你的立場，我們可能會做出相同的決定。）

這些例句都使用了與現在事實相反之假設語氣，表達了與事實相反的假設。

我們使用「與現在事實相反之假設語氣」表達了「如果○○的話，△△」或「如果不○○的話，△△」的 5 個例句。在其中一些例句中，if 子句是放在句子的後半部，這說明了在英文中，子句的位置可以前後交換，以建立不同的句子結構。

指令寫法示範

請提供與現在事實相反之假設語氣(1) **的 5 個**(2) 例句。

---

(1) 指定您想學習的文法。

(2) 數量沒有一定要幾個，重要的是能夠透過例句學會這個文法，並能完全理解，所以不要生成太多，以免只是匆匆瀏覽而已。

45 詢問是否正確使用文法

當您想用英文造句，但不確定是否正確使用文法時，也可以嘗試向 ChatGPT 確認。例如，您可以這樣詢問：

以下這句英文是否正確使用與現在事實相反之假設語氣呢？請用中文說明。
If I were a kid, I will play soccer all day.

此句子並未正確使用「與現在事實相反之假設語氣」。

正確的表達應該是「If I were a kid, I would play soccer all day.」。

在「與現在事實相反之假設語氣」中，if 子句的所有主詞（I, you, he, she, it, we, they）的 be 動詞都使用 "were"。而在主要子句中，應該要用 would 代替 will，才能正確表達與事實相反的假設語氣。

當自己寫的句子文法有誤時，ChatGPT 會給予糾正。嘗試自己寫英文句子不僅有助於理解文法，還有助於記憶。因此，練習寫下包含某文法的英文，然後讓 ChatGPT 檢查是一種不錯的方法。

指令寫法示範

以下這句英文是否正確使用與現在事實相反之假設語氣(1) 呢？請用中文說明(2)。

（貼上自己不太確定的英文句子）

____

(1) 指定您在學習的文法。

(2) 如果不加上這句，可能會以英文來解說。

46 生成與文法相關的選擇題

學習完英文文法之後，確認自己是否真正理解是很重要的。使用參考書或教材時，通常每個文法課程都會有測驗題目，不過對於自己不擅長的文法項目，您可能會希望做更多練習。實際上，ChatGPT 也能夠生成英文文法的題目。而且，根據指令，它還能提供各種不同的題型。

例如，我們請 ChatGPT 生成難度稍高的文法「與現在事實相反之假設語氣」的練習題，關於與現在事實相反之假設語氣，前面幾章我們有聊過，那麼以下就讓 ChatGPT 為我們生成一個有關此文法的題目。

請提供 4 題關於與現在事實相反之假設語氣的四選一選擇題，並在最後提供正確答案。
・題目用中文來詢問。
・選項為英文。

1. 下列哪一句英文是「如果我是他，我就會和她說話」的翻譯？
A. If I was him, I would talk to her.
B. If I were him, I would talk to her.
C. If I am him, I will talk to her.
D. If I had been him, I had talked to her.

2. 下列哪一個句子正確地使用了與現在事實相反之假設語氣？
A. If she were taller, she could reach the shelf.

B. If she was taller, she could reach the shelf.
C. If she are taller, she could reach the shelf.
D. If she had been taller, she had reached the shelf.

3. 下列哪一句英文是「如果他更加小心，他就不會丟失鑰匙」的翻譯？
A. If he was more careful, he won't lose his keys.
B. If he is more careful, he wouldn't lose his keys.
C. If he were more careful, he wouldn't have lost his keys.
D. If he had been more careful, he hadn't lost his keys.

4. 下列哪一個句子正確地使用了與現在事實相反之假設語氣？
A. If we was in your position, we would make the same decision.
B. If we were in your position, we would make the same decision.
C. If we are in your position, we will make the same decision.
D. If we had been in your position, we had made the same decision.

正確答案：
1. B 2. A 3. C 4. B

送出指令後，ChatGPT 便為您生成文法的題目，讓您從四個選項中選擇有正確使用假設語氣的英文。在指令中加入「在最後提供正確答案」，以便完成所有問題後對答案。

指令寫法示範

請提供 4 題(1) 關於與現在事實相反之假設語氣(2) 的四選一選擇題(3)，並請在最後提供正確答案(4)。

・題目用中文來詢問。

・選項為英文。

---

(1) 數量沒有一定要幾題，重要的是能夠透過解題、對答案來深入學會這個文法，並能完全理解。

(2) 指定您在學習的文法。

(3) 可以指定題目形式，也可以不指定形式，僅要求「請提供關於〇〇的題目」，並在下方詳細説明題目樣式。

(4) 為了獲得一份測驗題，建議將答案集中在最後，寫完題目後再一起對答案。

47 生成與文法相關的句子填空題

以下我們請 ChatGPT 提供四選一的句子填空題吧。

請提供 4 題關於與現在事實相反之假設語氣的四選一句子填空題。

1. If he __________ (be) more patient, he could handle the situation better.
（要是他更有耐心，他更能應對這種情況。）

2. She would be happier if she __________ (have) more free time.
（如果她有更多的空閒時間，她應該會更快樂吧。）

3. If we __________ (be) in their shoes, we would understand their challenges better.
（如果我們處於他們的立場，我們就能更理解他們的困境吧。）

4. You could buy that car if you __________ (be) rich.
（如果你有錢，你就可以買那輛車了吧。）

請提供正確答案。

沒問題，以下是每題的正確答案。

1. If he were more patient, he could handle the situation better.
「要是他更有耐心，他更能應對這種情況。」

2. She would be happier if she had more free time.
「如果她有更多的空閒時間，她應該會更快樂吧。」

3. If we were in their shoes, we would understand their challenges better.
「如果我們處於他們的立場，我們就能更理解他們的困境吧。」

4. You could buy that car if you were rich.
「如果你富有，你就可以買那輛車了。」

這些答案正確使用了與現在事實相反之假設語氣的形式。具體而言，be 動詞都要使用 were，其他動詞則要使用過去式。然而，這個規則主要用於書寫或正式場合的情況。在日常對話中，對於 I、he、she、it 等單數主詞，有時也有可能使用 was。

以上我們請 ChatGPT 製作了一些填空題，空格後面括號裡的是動詞原形，您要在空格中填入適當的動詞形態。即使一開始忘了在指令中要求要提供正確答案，您只需要追加「請提供正確答案。」的提示，ChatGPT 依然會為您提供所有題目的答案。

指令寫法示範

請提供 4 題(1) 關於與現在事實相反之假設語氣(2) 的四選一句子填空題(3)。

---

(1) 數量沒有一定要幾題，重要的是能夠透過解題、對答案來深入學會這個文法，並能完全理解。

(2) 指定您在學習的文法。

(3) 指定題目形式。您也可以不指定形式，僅要求「請提供關於〇〇的題目」。

48 生成文法錯誤訂正的題目

接下來請 ChatGPT 提供文法錯誤訂正的題目。

請提供 4 題關於與現在事實相反之假設語氣的文法錯誤訂正題。

以下是 4 題關於與現在事實相反之假設語氣的文法錯誤訂正題：

1. If I was a bird, I would fly to the sky.
（假如我是一隻鳥，我就會飛上天。）

2. If she were taller, she can reach the shelf.
（如果她身高更高，她就能夠碰到最頂層的架子。）

3. If we was in your position, we would make the same decision.
（如果我們處於你的立場，我們也會做出同樣的決定。）

4. You could buy that car if you is rich.
（如果你富有，你就可以買那輛車了。）

請告訴我正確答案。

沒問題，以下是每道題目的正確答案：

1. If I were a bird, I would fly to the sky.
「假如我是一隻鳥，我就會飛上天。」

2. If she were taller, she could reach the shelf.
「如果她身高更高，她就能夠碰到最頂層的架子。」

3. If we were in your position, we would make the same decision.
「如果我們處於你的立場，我們也會做出同樣的決定。」

4. You could buy that car if you were rich.
「如果你富有，你就可以買那輛車了。」

這些答案正確使用了與現在事實相反之假設語氣的形式。具體而言，be 動詞都要使用 were，其他動詞則要使用過去式。然而，這個規則主要用於書寫或正式場合的情況。在日常對話中，對於 I、he、she、it 等單數主詞，有時也可能會使用 was。此外，在使用與現在事實相反之假設語氣中，主要子句中的助動詞要使用 “could”，而非 “can”。

在文法錯誤訂正題中，ChatGPT 會提供一些文法上有誤的英文句子，您需要找出文法上不正確的部分。例如，if 子句的 be 動詞應該是 were，但題目中可能會出現 was；或者是主要子句的助動詞應使用 could，但題目中可能會出現 can。

指令寫法示範

請提供 4 題(1) 關於與現在事實相反之假設語氣(2) 的文法錯誤訂正題(3)。

---

(1) 數量沒有一定要幾題，重要的是能夠透過解題、對答案來深入學會文法，並能完全理解。

(2) 指定您在學習的文法。

(3) 指定題目形式。

49 生成句子重組的題目

接下來請 ChatGPT 提供句子重組的題目。

請提供 4 題關於與現在事實相反之假設語氣的句子重組題。

・請將句子中的每一個單字列出、隨機排列，並用／隔開單字。

・每題請提供中文翻譯。

沒問題。以下是 4 題關於與現在事實相反之假設語氣的句子重組題。

1. fly / if / to / I / the / could / moon / I / were / an / astronaut.
（如果我是太空人，我就能飛向月球。）

2. if / doctor / I / a / treat / I / the / could / patient / were.
（如果我是醫生，我就能幫病人治病。）

3. we / go / to / could / we / beach / if / the / were / summer.
（如果現在是夏天，我們就可以去海邊。）

4. if / a / millionaire / I / could / buy / mansion / were / I / a.
（如果我是百萬富翁，我就能買一棟豪宅。）

請提供正確答案。

沒問題，以下是每個題目的正確答案：

1. If I were an astronaut, I could fly to the moon.
（如果我是太空人，我就能飛向月球。）
2. If I were a doctor, I could treat the patient.
（如果我是醫生，我就能幫病人治病。）
3. If it were summer, we could go to the beach.
（如果現在是夏天，我們就可以去海邊。）
4. If I were a millionaire, I could buy a mansion.
（如果我是百萬富翁，我就能買一棟豪宅。）

這些答案正確地使用了與現在事實相反的假設語氣。

句子重組題相對於其他題型而言，難度更高了吧。即使已理解與現在事實相反的假設語氣這個文法，但您在理解這文法之外，還需要重新組合整個句子。但是，這樣的句子重組題是學好英文很建議的練習，因為在理解文法的同時還需要建構完整的句子。

指令寫法示範

請提供 4 題(1) 關於與現在事實相反之假設語氣(2) 的句子重組題(3)。

- 請將句子中的每一個單字列出、隨機排列，並用／隔開單字(4)。
- 每題請提供中文翻譯。

---

(1) 數量沒有一定要幾題，重要的是能夠透過解題、對答案來深入學會文法，並能完全理解。

(2) 指定您在學習的文法。

(3) 指定題目形式。

(4) 詳細在指令中說明題型，有助於讓 ChatGPT 生成需要的題型。

透過 ChatGPT，您可以馬上練習到文法測驗題。目前為止已介紹了四種題目的形式，您可以自行選擇需要練習的題型，也可以根據所學的文法來變換題目形式，請多多善用 ChatGPT 來為您達到練習文法的目的。

附錄

提升學習效率的 ChatGPT 指令示範清單

這裡整理了本書前面所介紹用於 ChatGPT 的指令示範清單。此外，您也可以從以下 QR 碼中下載這個指令列表，可在 Excel 格式或 Google 表格格式中使用。

可以直接複製貼上，非常方便，請務必多加利用。

掃描以下 QR 碼即可取得清單。

NO	單元名稱	指令示範
1	無限次數地練習英語會話	來練習英語會話吧。 ・你的名字是 Jenny。 ・我的名字是 Keiko。 ・一次的對話內容請限制在 50 個字以內。 ・來聊聊暑假計畫吧。 ・請你僅以 Jenny 的身分用英文發言。 那麼，從你先開始英語對話。
2	在練習英語會話的同時，確認不懂的單字	specific 是什麼意思？請用中文說明。
3	在練習英語會話的同時，確認英語的表達方式	「我很期待邊逛邊品嚐美食」用英語怎麼說？
5	在練習英語會話的同時，請 ChatGPT 指出英語錯誤	來練習英語會話吧。 ・你的名字是 Jenny。 ・我的名字是 Keiko。 ・每當我犯了英語錯誤，請告訴我犯了什麼錯誤，應該如何糾正。 ・在糾正錯誤後，請繼續用英語問我問題以延續話題。 ・一次的對話內容請限制在 50 個字以內。 ・來聊聊暑假計畫吧。 ・請你僅以 Jenny 的身分用英文發言。 那麼，從你先開始英語對話。

NO	單元名稱	指令示範
6	學習「更自然的英語表達方式」	來練習英語會話吧。 ・你的名字是 Jenny。 ・我的名字是 Keiko。 ・請改寫（rephrase）我每次的訊息用字或表達，改成像英語母語人士那樣更為自然的表達方式。請提供您的改寫建議。 ・在改寫完之後，請繼續用英語問我問題以延續話題。 ・一次的對話內容請限制在 50 個字以內。 ・來聊聊暑假計畫吧。 ・請你僅以 Jenny 的身分用英文發言。 那麼，從你先開始英語對話。
7-1	讓 ChatGPT 生成會話內容	請用以下的條件設定，提供一段在美國機場進行入境審查（go through Customs）的英語會話。 ・請提供入境審查時可能會詢問的 5 個問題。 ・審查官以友善的方式進行對話。 ・旅客為台灣人，預計在朋友家住宿 4 晚。

NO	單元名稱	指令示範
7-2	讓 ChatGPT 生成會話內容	請用以下的條件設定，提供線上會議情境會使用的英語對話。 ・參與會議並發言的人是製藥公司行銷部門的成員。 ・這些成員是來自美國總部 CFO 的 David 和他的部屬 Katy，以及東京分公司的 Maya 和 Takashi。 ・在上次會議中，我們確認了下一期市場行銷措施的相關課題。 ・在這次會議上，我們將針對每個問題制定計畫。 ・每週與這些成員舉行一次定期會議。
8	確認各表達句的含義及其他用法	「Let's reconvene」是什麼意思？可以用在什麼樣的情況？請提供幾個例句。
9	進行角色扮演	請和我用英語進行角色扮演，情境是辦理飯店入住手續。 請按以下條件進行對話。 條件： ・你的名字是 John。 ・我的名字是 Keiko。 ・你是新加坡亞太酒店櫃台。我是入住的房客。 ・請你僅以 John 的身分發言。 ・請將每次發言限制在 50 個字以內。

NO	單元名稱	指令示範
10	用「即時中翻英」的訓練法練英文	請使用「May I ~?」寫出 5 個簡單的英文句子。 請以表格形式呈現，每個英文句子旁皆附上中文翻譯。
11	用 ChatGPT 生成英文文章	請寫一篇關於「英國文化」大約 200 字的英文文章。
12-1	用 ChatGPT 翻譯英文文章	請翻譯成中文。
12-2	用 ChatGPT 翻譯英文文章	請翻譯以下 URL 連結的文章。 （貼上 URL 連結）
13	讓 ChatGPT 解釋英文文章中的文法	請解釋以下這句英文的文法。 （貼上英文）
14	指定難易度，並生成英文文章	請以「如何追求豐富人生」為題目，撰寫一篇約 200 字之 CEFR B1 程度的英文文章。
15	增強閱讀能力的單字表	請以「AI 的進化將如何改變人類」為題目，撰寫一篇約 150 字的英文文章。 請從此文章中挑選出困難的單字，以表格呈現。每個英文單字旁皆附上中文翻譯。並在原本文章中標註這些單字的所在位置。
16	指定難易度，讓 ChatGPT 簡化難懂的原文	請將以下英文改寫為 CEFR A1 程度的英文。 （貼上英文）
17	讓 ChatGPT 將英文文章做摘要	請提供以下內容的英文版摘要。 （貼上英文）

NO	單元名稱	指令示範
18	生成英語兒童故事	請用英文寫出一篇 300 字左右、給 4 歲孩子讀的故事。 ・主角的名字是 Haruto。 ・在故事中，請加入火車、恐龍、蘋果和最喜歡的背包。 ・將它設定為冒險故事。 ・請給它一個美好的結局。
19	要求提供寫作的主題	請提供英文寫作的主題。
20	要求修改寫作內容	請修改以下英文，並將修改的部分和修改的理由以表格做說明。修改的理由請用中文說明。 （貼上英文）
21	練習寫作時可使用的表達方式	請告訴我寫英文日記時可以使用的 10 個有用表達方式。
22	使用特定表達方式生成例句	請用 “On a positive note, ...” 造出 3 個英語句子。
23	練習寫英文郵件	請用英文寫一封請客戶確認下週會議的參與者有哪些人的郵件。
24	指定特定情境和禮貌程度，來進行改寫	請將以下英文改寫成適合回覆給客戶的書信內容。 （貼上英文）
26	生成一段獨白來練習聽力	請提供一個用於聽力練習大約 200 字的英文。 ・請提供一篇可能出現在 TOEIC Part4 測驗中的美術館內廣播。 ・請包含 CEFR B2 程度單字。 ・請同時提供中文翻譯。

NO	單元名稱	指令示範
27	練習聽自己不熟悉的發音	我想要練習辨別 L 和 R 的發音，請提供 10 個包含這兩個發音的英文句子。
28	提升聽力的發音練習	請提供 10 個用來練習英語發音且適用於海外旅行的簡短句子。
29	要求列出要記住的單字	請告訴我在美術館中經常使用難度較高的英文單字，附上單字的中文翻譯，並說明其意思。
30	要求說明單字的字源	請告訴我「appropriate」此單字的字源，並告訴我此字源的其他英文單字。
31	要求說明如何區分意義相似的單字	notice、realize、be aware 這三個單字的差異是什麼，該如何使用？
32	要求列出單字的同義詞、反義詞	請告訴我「practical」的同義詞和反義詞。
33	生成包含指定單字的例句	請用以下每個單字各造出一個英文句子，並附上中文翻譯。 （貼上英文）
34	生成單字測驗	請提供英語的四選一填空選擇題。 ・只有其中一個選項是正確的，而其他三個選項是錯誤的。 ・請用以下任一單字當作正確答案。其他三個選項中的單字，請不要用以下的單字，請隨機提供其他單字。 ・請在測驗最後提供正確答案。 （貼上英文）

NO	單元名稱	指令示範
35	要求列出特定考試中可能出現的單字	請告訴我 30 個可能會出現在全民英檢（GEPT）中高級的單字。 ・請附上單字的中文翻譯。 ・請以表格形式整理。
36	生成一篇閱讀測驗長文章及對應的四選一選擇題	請提供可能出現在 TOEIC Part 7 閱讀測驗中大約 300 字的英文文章。 ・請提供三題與文章相關的四選一選擇題。 ・選擇題的其中一個選項是正確答案，其他三個選項是錯誤選項。 ・請在最後提供正確答案。
37	生成段落填空題	請提供可能出現在全民英檢（GEPT）中高級段落填空題中大約 180 字的英文文章。 ・請在文章中空 5 個空格，並標上題號。 ・請提供 5 題與文章中 5 個空格相關的四選一選擇題。 ・選擇題的其中一個選項是可填入文章空格中的正確答案，其他三個選項是錯誤選項。 ・請在最後提供正確答案(Answer key)。

NO	單元名稱	指令示範
38	生成句子填空題	請按照以下格式和難易度，提供 TOEIC Part 5 的 10 道題目。 ・選擇題的其中一個選項是正確答案，其他三個選項是錯誤選項。 ・請在最後提供正確答案(Answer key)。 ・以下是參考範例，不要重複出現在題目中。 （貼上 TOEIC Part 5 的題目範例）
39	生成題目的解說	請詳細解釋為什麼空格 (2) 的答案是「C. presents」。並詳細說明為何其他選項是錯的。
40	生成英文作文題	請依照以下格式，提供 5 個可能出現在全民英檢（GEPT）中高級的寫作題目。題目請以「Agree or disagree:」開始。 （貼上作文題目範例）
41	生成英文口說測驗題目	請參考以下格式與難易度，提供 TOEIC Speaking 測驗中「陳述意見（Express an opinion）」裡可能會出現的題目。並請提供解答範例。以下是題目範例，不要重複出現在題目中。 （貼上題目範例）

NO	單元名稱	指令示範
42	要求解說複雜句子的結構與文法	請解釋以下英文的文法。 （貼上英文）
43	要求解說特定文法	請說明英文的假設語氣是什麼。
44	生成文法例句	請提供與現在事實相反之假設語氣的 5 個例句。
45	詢問是否正確使用文法	以下這句英文是否正確使用與現在事實相反之假設語氣呢？請用中文說明。 （貼上英文）
46	生成與文法相關的選擇題	請提供 4 題關於與現在事實相反之假設語氣的四選一選擇題，並在最後提供正確答案。 ・題目用中文來詢問。 ・選項為英文。
47	生成與文法相關的句子填空題	請提供 4 題關於與現在事實相反之假設語氣的四選一句子填空題。
48	生成文法錯誤訂正的題目	請提供 4 題關於與現在事實相反之假設語氣的文法錯誤訂正題。
49	生成句子重組的題目	請提供 4 題關於與現在事實相反之假設語氣的句子重組題。 ・請將句子中的每一個單字列出、隨機排列，並用／隔開單字。 ・每題請提供中文翻譯。

ChatGPT 之外其他可用的 AI 工具

聊天機器人

Bing、Bard、Perplexity、Elicit、Claude

圖像

Bing Image Creator、Canva、Midjourney、Stable Diffusion、Leonardo.Ai

寫作

Notion AI

文字轉錄

Whisper、otter.ai、Notta、CLOVA Note

語音合成

ElevenLabs、NaturalReader、Amazon Polly

影片製作

Creative Reality Studio（D-ID）、Synthesia

翻譯・修改

DeepL、DeepL Write

英語學習

ELSA、Speak、Chat.D-ID

結 語

非常感謝您閱讀本書

您之所以對本書感興趣，我相信是因為您想了解如何用 ChatGPT 提升英語能力。閱讀完本書後，您是否發現到一些可用來學英語的應用方法，並嘗試使用了呢？又或者，您是否獲得了新的想法，認為自己能夠以某種方式善用 ChatGPT 呢？如果本書成為您用 ChatGPT 來提高英語程度的學習法，那真是非常令人高興。

想要將英語應用在什麼方面，或是培養什麼技能，這都因人而異。請務必參考本書，找到符合您目標的 ChatGPT 應用方法，並發現「如何有效地、有趣地與 ChatGPT 互動的方式」。

關於英語學習，從中發掘「樂趣」是非常重要的。當您發現一種「這能讓學習持續下去」或「這樣的學習很有趣」的方法時，您會自然而然地增加與英語接觸的時間，也更容易取得成效。透過與 ChatGPT 一起學習英語，每個人都有可能發掘到對自己來說的「樂趣」。ChatGPT 可以根據每個人的需求成為英語老師、成為英語會話練習夥伴，甚至可以扮演以英語為母語的朋友。此外，您還可以根據自己真正需要的情境來做練習和準備。不僅僅是英語會話，還可以解決自己較不擅長的某些文法問題，並進行大量練習，同時還能針對聽力、閱讀和寫作來做訓練。透過這種「個別化的學習」，ChatGPT 將成為您英語學習的最佳夥伴。

然而，為了要有效善用 ChatGPT，有一些事情您需要記住。重要的一點是，您需要主動向 ChatGPT 表達您的需求。像是「我想達到〇〇的目標」或「我想在〇〇的情境下進行練習」等等，讓 ChatGPT

盡可能地具體了解您的需求。然後，讓 ChatGPT 成為您的私人家教和英語學習夥伴。

我在 2023 年 1 月首次遇到 ChatGPT，自那時以來，我想出了各種不同的應用方法，並在 YouTube 等平台上分享。而且我也不斷進化自己的應用方式。除了英語學習之外，我也在工作中大量使用 ChatGPT，這改變了我處理工作的方式。本書主要介紹的是與英語學習相關的應用方法，但我在自己寫的其他書籍中也分享了各種工作中可應用的 ChatGPT 應用法。

ChatGPT 的應用方法不限於書中所寫的這些，可能是毫無極限的，一旦您開始使用，就會不斷地想出新點子。且不僅僅是 ChatGPT，這類基於自然語言生成 AI 的應用方法，在某種程度上是無限可能的。除了本書介紹的方法，請嘗試找到屬於您自己應用 ChatGPT 的方法。然後，請繼續保持好奇心，一同享受 AI 共生的年代。

最後，對於本書的出版，我要感謝所有支持的人。感謝推薦本書出版的本間正人老師，感謝支援動畫製作的 Udemy 和 Benesse 的大家，感謝 ChatGPT 和 AI 應用社群的大家，以及出版社 Petit Lettre 的成員，尤其特別感謝小森優香小姐的協助撰寫，玉村菜摘小姐的排版，以及代表谷口一真（丈夫）。沒有大家的支持和協助，這本書是無法出版的。真的非常感謝。

希望本書能成為改變大家英語學習的契機。

谷口 恵子

HACKERS × 國際學村
新制多益
全新！TOEIC
聽力題庫大全
Listening
不因時間退步的多益應考經典！
David Cho
最強多益團隊 Hackers 即時分析最新考題，
掌握出題趨勢，不斷更新只為成就完美！
多益參考書經典中的經典！

HACKERS × 國際學村
新制多益
全新！TOEIC
閱讀題庫大全
Reading
不因時間退步的多益應考經典！
David Cho
最強多益團隊 Hackers 即時分析最新考題，
掌握出題趨勢，不斷更新只為成就完美！
多益參考書經典中的經典！

HACKERS × 國際學村
新制多益
全新！TOEIC
單字大全
Vocabulary
備考多益唯一推薦權威單字書！
David Cho
不論題型如何變化，內容持續更新，
常考字彙表達完全掌握，準確度最高！

HACKERS × 國際學村
新制多益
最新！TOEIC
聽力題庫解析
Listening
Hackers Academia
每月進場實測分析、完整傳授答題技巧
黃金證書手到擒來！

HACKERS × 國際學村
新制多益
最新！TOEIC
閱讀題庫解析
Reading
Hackers Academia
每月進場實測分析、完整傳授答題技巧
黃金證書手到擒來！

HACKERS × 國際學村
全新！No.1
IELTS
雅思閱讀題庫大全

HACKERS × 國際學村
全新！No.1
IELTS
雅思口說題庫大全

HACKERS × 國際學村
全新！No.1
IELTS
雅思寫作題庫大全

HACKERS × 國際學村
全新！No.1
IELTS
雅思聽力題庫大全

托福、新日檢JLPT、韓檢TOPIK

題庫，你需要的都在國際學村！

唯一選擇！

N5–N1
新日檢
文法大全
精選出題頻率最高的考用文法，
全級數一次通過！
適合任何級別的日檢考生

台灣廣廈 國際出版集團
Taiwan Mansion International Group

國家圖書館出版品預行編目（CIP）資料

ChatGPT時代的英文學習術／谷口恵子著. -- 初版. -- 新北市：國際學村出版社, 2024.07
面；　公分
ISBN 978-986-454-369-4(平裝)

1.CST: 英語 2.CST: 讀本 3.CST: 人工智慧

805.18　　113008164

國際學村

ChatGPT 時代的英文學習術

用AI全方位輔助，為自己打造「真客製化」的個人專屬英語家教

作　　者／谷口 恵子
翻　　譯／程麗娟

編輯中心編輯長／伍峻宏・**編輯**／古竣元
封面設計／陳沛涓・**內頁排版**／菩薩蠻數位文化有限公司
製版・印刷・裝訂／東豪・紘億・弼聖・秉成

行企研發中心總監／陳冠蒨
媒體公關組／陳柔彣
綜合業務組／何欣穎

線上學習中心總監／陳冠蒨
產品企製組／顏佑婷、江季珊、張哲剛

發 行 人／江媛珍
法律顧問／第一國際法律事務所 余淑杏律師・北辰著作權事務所 蕭雄淋律師
出　　版／國際學村
發　　行／台灣廣廈有聲圖書有限公司
地址：新北市235中和區中山路二段359巷7號2樓
電話：（886）2-2225-5777・傳真：（886）2-2225-8052
讀者服務信箱／cs@booknews.com.tw

代理印務・全球總經銷／知遠文化事業有限公司
地址：新北市222深坑區北深路三段155巷25號5樓
電話：（886）2-2664-8800・傳真：（886）2-2664-8801
郵政劃撥／劃撥帳號：18836722
劃撥戶名：知遠文化事業有限公司（※單次購書金額未達1000元，請另付70元郵資。）

■出版日期：2024年07月
ISBN：978-986-454-369-4

『AI 英語革命』（谷口恵子）
AI EIGO KAKUMEI

Original Japanese edition published by petite lettre Co.Ltd., Tokyo, Japan
Traditional Chinese edition published by arrangement with petite lettre Co.Ltd.
through Japan Creative Agency Inc., Tokyo, and Jia-xi Books Co.,Ltd., Taipei